...É COMPLET

DE LA

...RSIFICATION FRANÇAISE

RENFERMANT

...E NOUVELLE THÉORIE DE LA RIME

LA PROSODIE, LA DÉCLAMATION, LES GESTES

...SERVATIONS SUR LA MISE EN MUSIQUE DE LA POÉSIE

UNE DESCRIPTION DE TOUTES ESPÈCES DE POÈMES

UN PRÉCIS HISTORIQUE

PAR

ALEXANDRE GOSSART

...érateur et lauréat de la Société des Sciences Industrielles, Arts
...elles, Lettres de Paris et de plusieurs autres Sociétés savantes.
...sseur à l'Athénée Royal et à l'Athénée de Richelien, Collaborateur
...u Dictionnaire universel des connaissances humaines,
Auteur de plusieurs ouvrages approuvés, etc.

Prix : 1 fr.

PARIS

...RAIRIE CLASSIQUE DE Mme Ve MAIRE-NYON,

18, QUAI DE CONTI, 18.

TRAITÉ COMPLET

DE LA

VERSIFICATION FRANÇAISE

POISSY. — TYPOGRAPHIE ARBIEU.

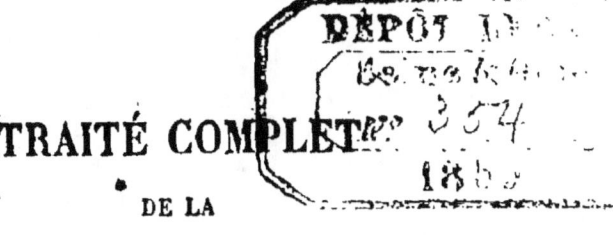

TRAITÉ COMPLET

DE LA

VERSIFICATION FRANÇAISE

RENFERMANT

UNE NOUVELLE THÉORIE DE LA RIME

LA PROSODIE, LA DÉCLAMATION, LES GESTES

DES OBSERVATIONS SUR LA MISE EN MUSIQUE DE LA POÉSIE

UNE DESCRIPTION DE TOUTES ESPÈCES DE POÈMES

UN PRÉCIS HISTORIQUE

PAR

ALEXANDRE GOSSART

Membre honoraire et lauréat de la Société des Sciences Industrielles, Arts
et Belles-Lettres de Paris et de plusieurs autres Sociétés savantes.
Ancien professeur à l'Athénée Royal et à l'Athénée de Richelieu, Collaborateur
du Dictionnaire universel des connaissances humaines.
Auteur de plusieurs ouvrages approuvés, etc.

Prix : 1 fr.

PARIS

LIBRAIRIE CLASSIQUE DE Mme Ve MAIRE-NYON,

13, QUAI DE CONTI, 13.

1859

PRÉFACE

Il existe plusieurs traités de versification ; mais je ne crois pas qu'on en ait fait un de complet : Restaut, Boiste, Richelet, Sicart, Letellier, Lemare, se sont bornés à présenter une anatomie superficielle des vers ; aucun d'eux n'a donné les développements nécessaires à la prosodie, au style des vers, au caractère des diverses sortes de poèmes, à l'harmonie, à la déclamation, de sorte qu'on est obligé de chercher dans des ouvrages séparés toutes ces choses qui, cependant, appartiennent essentiellement à la poésie.

D'un autre côté on n'a pas songé jusqu'ici à

établir une théorie raisonnée de la rime ; les règles sont arbitraires et quelquefois contradictoires. Je me suis attaché à réparer cette lacune
en analysant avec soin la méthode de nos meilleurs écrivains. Les recherches auxquelles je me
suis livré, les réflexions que j'ai faites, m'ont
conduit à reconnaître que le classement actuel
des rimes masculines et féminines est souvent er-
ronné. Le nouveau point de vue sous lequel j'ai
envisagé cette partie essentielle de notre versification paraît à l'abri de toute objection, et la
règle que j'établis, aussi sûre que simple, ne
souffre aucune exception.

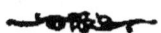

TRAITÉ COMPLET

DE LA

VERSIFICATION FRANÇAISE

La versification est l'art qui enseigne les règles à suivre pour faire correctement les vers. Le langage tel que les hommes le parlent pour les besoins ordinaires de la vie est ce qu'on appelle de la *prose*; mais lorsqu'il s'agit d'exciter des émotions profondes ou d'inspirer des sentiments élevés, on se sert de mots recherchés, la parole est accentuée, la phrase cadencée, le ton musical; cette manière de communiquer sa pensée a reçu les noms de *vers* et de *poésie*.

Les vers se composent d'un nombre déterminé de syllabes, arrangées selon certaines règles adoptées par les meilleurs écrivains et sanctionnées par le goût. Elles ont pour but de rendre le style agréable par la coupe des phrases, le choix et la rencontre des sons, l'emploi ou le rejet de certains mots.

La poésie est le style dans lequel doivent être écrits les vers; style relevé par les termes choisis et par des images qui donnent à l'expression de la force ou de l'intérêt, selon que l'auteur veut être pathétique ou touchant.

La dénomination de *vers* s'applique par conséquent plutôt aux mots qu'aux idées, et celle de poésie se rapporte spécialement aux pensées et à la manière de les exprimer.

On dit que des vers sont sans poésie lorsqu'ils manquent de chaleur et d'élévation : mais c'est à tort qu'on a donné le nom de poèmes à des ouvrages en prose tels que le *Télémaque* de Fénelon et l'*Atala* de Châteaubriand. Tout en reconnaissant le mérite éminent du style dans lequel ces livres sont écrits, on doit se ranger de l'avis de Voltaire qui pense que la versification et la poésie sont inséparables.

C'est aussi l'opinion de La Harpe. Afin de prouver la supériorité de la rime sur la prose, ce critique judicieux, dans son *Cours de littérature* donne pour exemple un passage d'Homère imité par Virgile et par Cicéron.

En voici la traduction en prose :

Ainsi l'on voit le satellite ailé de Jupiter qui tonne du haut des cieux, l'aigle blessé de la morsure d'un serpent, qui, du tronc d'un arbre s'est élancé sur lui : il s'en empare avec ses serres cruelles, et perce le reptile, qui succombe en menaçant encore par les mouvements de sa tête; l'aigle le déchire tandis qu'il se replie, il l'ensanglante à coups de bec, et, assouvi enfin et satisfait d'avoir vengé ses cuisantes douleurs, il le rejette expirant, en disperse les tronçons dans les eaux du fleuve, et s'envole vers le soleil.

Voilà maintenant l'imitation en vers :

Comme on voit cet oiseau qui porte le tonnerre,
Blessé par un serpent élancé de la terre :
Il s'envole, il emporte au séjour azuré
L'ennemi tortueux dont il est entouré,
La sang tombe des airs; il déchire, il dévore
Le reptile acharné qui le combat encore.
Il le presse, il le tient sous ses ongles vainqueurs;
Par cent coups redoublés il venge ses douleurs.
Le monstre en expirant se débat, se replie;
Il exhale en poisons les restes de sa vie;
Et l'aigle tout sanglant, fier et victorieux
Le rejette en fureur et plane au haut des cieux.

Qui ne sent, en effet, à la simple lecture de ce passage, combien la version rimée l'emporte sur l'autre.

Tout le monde sait que la versification française est excessivement difficile et il a suffi qu'on ait cru en trouver la cause dans une prétendue pauvreté de la langue pour que cette erreur s'accréditât.

En présence des chefs-d'œuvre innombrables que les littérateurs français ont produits depuis Malherbe jusqu'à nos jours, on est forcé d'avouer que la difficulté n'est pas insurmontable.

Le théâtre français, riche de tragédies et de comédies dont la perfection excite l'admiration de l'Europe, suffirait pour combattre l'opinion de ceux qui accusent la langue de stérilité; mais n'avons-nous pas, dans tous les genres, des auteurs irréprochables? qui oserait nier la charmante simplicité des fables de La Fontaine; la pureté de diction et de rhythme des épitres et de l'art poétique de Boileau, le style plein de sarcasme et d'esprit de Voltaire, le tour facile et gracieux de Delille; Malherbe, Rousseau, Gresset, Demoustier,

Béranger, Casimir Delavigne et bien d'autres, dont l'énumération serait trop longue, n'ont-ils pas fait aussi des chefs-d'œuvre, dans des genres différents.

Si l'on compare la prose à un paysage parsemé de bouquets d'arbres, varié de champs cultivés ou agrestes, la poésie nous représentera un parc dans lequel les arbres sont taillés et rangés en allées ; des statues de marbre blanc placées de distance en distance, varient la perspective et réveillent des souvenirs ; aucune herbe sèche, aucune branche morte ou cassée par l'ouragan ne vient attrister les yeux ; la terre, soigneusement nettoyée, ne nous présente, dans les massifs de fleurs disposés avec art, que de riches tapis sur lesquels brillent à l'envi des broderies où l'or, l'argent, le rubis, le saphir, l'émeraude, la topaze sont répandus avec un goût exquis. C'est toujours la nature ; mais d'un côté elle est simple, belle par hasard ; de l'autre, elle est rehaussée par le génie et nous montre à la fois toutes ses richesses.

On se forme le goût, en lisant les bons poètes, mais le génie poétique ne s'acquiert point ; c'est un don du ciel et l'étude ne saurait le procurer ; un traité de versification ne peut donc être autre chose qu'un recueil d'observations sur le rhythme et sur le ton qui affectent nos sens extérieurs ; quant à celui qui convient au sens intérieur ou intellectuel, il est du domaine de l'imagination et indéfinissable comme elle.

De la mesure. — On entend par *mesure* le nombre de syllabes dont chaque vers est composé.

Il y a des vers d'une, de deux, de trois, de quatre, de cinq, de six, de sept, de huit, de dix et de douze syllabes.

Ces nombres servent en outre de dénomination aux vers; ainsi on dit vers d'une syllabe, vers de huit syllabes, etc.

Les vers de douze syllabes ont aussi reçu le nom d'*hexamètres*, expression qui veut dire *six pieds*; en effet, le pied est de deux syllabes. On les nomme encore vers *Alexandrins*, soit parce que le premier poète qui en ait fait usage s'appelait *Alexandre*, soit parce que cette mesure a été employée la première fois dans un poème de xii° siècle, intitulé *Alexandre*.

Avant de chercher à faire des vers, on doit s'exercer à *scander* ceux de nos bons auteurs, c'est-à-dire à marquer sur les doigts le nombre de pieds qu'ils contiennent. Cet exercice a la plus grande analogie avec la méthode adoptée par les musiciens pour battre la mesure; ils font deux mouvements pour une mesure à deux temps; trois pour une mesure à trois temps; quatre pour une mesure à quatre temps. Les vers qui sont à la parole ce que la musique est au son, forment aussi des mesures de six pieds, de quatre pieds, etc.

Voici une pyramide composée de deux vers de chaque mesure :

```
1 syllabe............... Vous
                        Tous,
2..................... Poëtes,
                      Ah! faites
3.................... Que vos chants,
                      Attachants,
4.................. Aillent à l'âme
                    En jets de flamme!
5............... Qu'en tous vos écrits
                  Les mots soient compris.
6............. Si vous peignez la guerre,
                Que le bruit du tonnerre
7........... Nous semble au loin résonner
              Et nous fasse frissonner.
8......... Du lecteur conquérez l'estime
            En sachant varier la rime;
10..... A la césure arrêtez bien le sens;
          Soyez surtout sobres d'enjambements;
12... Fuyez le prosaïsme; observez la mesure,
        Et vos écrits vivront autant que la nature.
```

Prosodie. — Par ce moyen on apprendra la véritable prosodie de chaque mot, on reconnaîtra que la diphthongue *ieux*, par exemple, n'est que d'une syllabe dans *cieux*, *lieux*, tandis qu'elle en forme deux dans *audacieux*, *envieux*.

> Lisant ses vers audacieux
> Faits pour les habitants des cieux.

> Laisse gronder ces envieux,
> Ils ont beau crier en tous lieux.

Plusieurs diphthongues offrent cette différence de prosodie. Le tableau suivant en donne des exemples.

Diphthongues.	Mots où elles sont de deux syllabes.	Mots où elles ne forment qu'une syllabe.
IA	diadème	diable
	diamant	familiarité
	médiateur	flacre
	négociateur	liard
	spoliation	
IAI	biais	biai
	biaiser	biaiser
	confiai	
	déliai	
	étudiai	
	mariai	
	niais	
IAU toujours de deux syllabes.	bestiaux	
	impériaux	
	miauler	
	provinciaux	
IAN toujours de deux syllabes, excepté *viande*.	étudiant	viande
	fortifiant	
	liant	
	priant	
	riant	
IÉ	confier	altière
	crié	amitié
	délier	ciel
	étudier	coursier
	humilié	fièvre
	inquiétude	litière
	marié.	papier
	marier	pièce
	matériel	pieds
	piété	pierrot
	prière	rivière
	riez	troisième
	satiété	vieillard

Diphthongues.	Deux syllabes.	Une syllabe.
IEN prononcé *ian*.	client	
prononcé *iin*.	comédien	bien
	gardien	chien
	grammairien	chrétien
	historien	mien
	lien	rien
	magicien	sien
	musicien	tien
	et tous les mots analogues.	viens
HIER à volonté.	hier	hier
	lier	altier
	crier	sentier
	meurtrier	
	sanglier	
IEU	*toujours 2 syllabes.*	*excepté.*
	ambitieux	adieu
	essieu	cieux
	ingénieux	dieu
	mélodieux	épieu
	mystérieux	essieu
	odieux	lieu
	précieux	lieutenant
	sérieux	mieux
		milieu
		pieu
		vieux
		yeux
IEUR	antérieur	essayeur
	crieur	payeur
	ingénieur	
	prieur	
	supérieur	
IO	diocèse	fiole

Diphthongues.	Deux syllabes.	Une syllabe.
	Diogène	pioche
	violent	
	violon	
ION	action	allassions
toujours de 2 sylla-	condition	allions
bes dans les sub-	fraction	chantions
stantifs et dans	lion	marchions
les verbes où cette	oppression	serions
diphthongue est	publions	sortions
précédé d'un r et	religion	venions
d'une autre con-	spoliation	vinssions
sonne, comme	union	
nous voudrions.		
D'une syllabe dans		
les verbes quand		
elle ne vient pas		
après un r pré-		
cédé d'une autre		
consonne. Exem-		
ple : *nous chan-*		
tions.		
OIN		appoint
toujours d'une syl-		appointer
labe.		besoin
		coin
		soin
OO	alcool	Laocoon
	Booz	
OUE	avouer	fouet
	jouet	fouetter
	louer	
OE	*2 syllabes seule-*	*d'une syllabe dans*
	ment dans	*les autres mots.*
	poëme	coeffe
	poële	moelle

Diphthongues.	Deux syllabes.	Une syllabe.
	poésie	
OI toujours d'une syllabe		emploi loi roi voilà
OUI	éblouit épanoui évanoui jouisse Louis	bouis oui
UAI	sanctuaire	
UÉ	attribuer duel suer tuer	
UEU	fastueux majestueux respectueux	
UI	bruine fluide ruine	aiguiser appui autrui celui déduire construire fruit fuir suivre

On trouve dans Meynard ce vers : *Fuir l'éclat et devenir ermite*, dans lequel *fuir* est de deux syllabes ; aujourd'hui ce mot n'en forme plus qu'une.

Élision. — L'e muet s'élide, c'est à-dire qu'il ne compte pas dans la mesure des vers quand il est suivi d'un mot commençant par une *voyelle* ou par une *h muette* : il s'élide toujours à la fin des vers. Dans ceux-ci :

> Lorsque la troisième heure aux prières rappelle,
> Retrouvez-vous au temple avec le même zèle.

L'expression *troisième,* qui est de trois syllabes, ne compte que pour deux à cause du mot heure qui vient après. *Heure* et *temple,* de deux syllabes chacun, n'en valent qu'une parce qu'ils sont suivis d'un *a* ; enfin, dans les mots *rappelle* et *zèle* la syllabe *le* se contracte avec la précédente. Ces deux vers sont donc de six pieds l'un et l'autre, quoique le premier contienne en réalité quinze syllabes et le second quatorze.

Le mot *le* quand il est régime d'un verbe, ne saurait, sans blesser l'oreille, être placé avant un mot commençant par une voyelle. Ainsi on ne doit pas dire :

> Accordez-le à mes vœux, accordez-le à mes crimes.

Il n'en est pas de même du mot *ce,* et le vers suivant est bon :

> Est-ce à moi de prier quand c'est moi qui pardonne ?

On a quelquefois reproché à la langue française d'être guindée ; peut-être devrait-on, en effet, être moins rigoureux sur les règles ; M. de Clermont-Tonnerre, dans le couplet suivant donne l'exemple d'une élision de bon goût et qui pourrait être imitée :

> Pour cet ingrat, n'ai plus de charmes,
> Me faut plorer toutes mes larmes ;

Il a délaissé sans retour
  Petite
Celle à qu'il jurait l'autre jour
  Amour.

La syllabe formée par l'*e muet* suivi de *s* ou de *nt* se compte dans le corps du vers, tandis qu'elle est toujours nulle à la fin. Exemple :

Les peuples à ses pieds mettent les diadèmes
Aux remparts de la ville ils fondent, ils s'arrêtent.

Dans ces vers *peuples, mettent, fondent, s'arrêtent,* forment deux syllabes et *diadèmes* en fait trois.

Pour imiter la manière de parler des gens de la campagne, on fait souvent, dans les couplets de vaudevilles et dans les chansons villageoises, des élisions que n'admettent pas les pièces d'une autre nature. En pareil cas, les lettres qui ne doivent pas être prononcées sont supprimées et remplacées par une apostrophe. Exemple :

Je r'grettais toujours mon pays
Dans l' commenc'ment d' not' mariage ;
Vous cherchiez, galant et soumis
A m' faire oublier mon village :
Serment par ci, caress' par là
Me plaire était votr' seule étude,
Et v'là qu' vous m' fait' quitter tout ça
A présent qu' j'en ai l'habitude.

Vers de six pieds ou Alexandrins.

Je chante ce héros qui régna sur la France
Et par droit de conquête, et par droit de naissance,

Qui par de longs malheurs apprit à gouverner,
Calma les factions, sut vaincre et pardonner.

Vers de cinq pieds.

Non loin du port, au couchant de la ville,
Du fond des eaux paraît sortir une île,
Un triste écueil, un rocher menaçant ;
L'onde en courroux, s'y brise en mugissant.

Vers de quatre pieds.

Hélas ! en guerre avec moi-même,
Où pourrais-je trouver la paix !
Je veux, et n'accomplis jamais,
Je veux, mais, ô misère extrême !
Je ne fais pas le bien que j'aime
Et je fais le mal que je hais.

Vers de sept syllabes.

N'affectez point les éclats
D'une vertu trop austère :
La sagesse atrabilaire
Nous irrite et n'instruit pas.
C'est à la vertu de plaire ;
Le vice a bien moins d'appas.

Vers de six syllabes.

Il en est temps encore,
Céphale, ouvre les yeux.
Le jour plus radieux
Va commencer d'éclore,
Et le flambeau des cieux
Va faire fuir l'aurore.

Vers de cinq syllabes.

Jupiter lui-même
Doit être soumis
Au pouvoir suprême
Des enfers unis.
Ce dieu téméraire
Veut-il, pour son fils,
Détrôner son frère ?

Vers de quatre syllabes.

Rien n'est si beau
Que mon hameau.
O quelle image !
Quel paysage
Fait par Vateau !

Vers de trois syllabes.

Non, jamais
Cet empire
Ne respire
Que la paix.

Vers de deux syllabes.

Le plus beau de son caractère,
C'est qu'il est l'appui de sa mère,
Il a su calmer sa douleur
        Amère,
En lui procurant le bonheur
        Du cœur.

Vers d'une syllabe.

Mon kyrié, mon crédo,
C'est la clef du caveau,
Oh !

Les vers d'une, de deux et de trois syllabes ne peuvent servir qu'en les mêlant avec d'autres plus longs; employés seuls, ils n'ont aucune harmonie.

Comme on le voit par les exemples ci-dessus, chaque vers s'écrit sur une ligne, et on commence d'autant plus à droite que le vers est plus court.

Du repos. — La diction, dans les vers, doit être partagée en périodes et en phrases comme dans la prose; mais indépendamment des *repos* qui séparent ces divisions du discours, les vers en admettent deux autres appelés *césure* et *repos final.*

Césure. — Dans les vers alexandrins, le sens doit permettre un léger arrêt après le troisième pied, cette suspension est la *césure* et le vers se trouve ainsi divisé en deux parties appelées hémistiche, chacune de trois pieds.

Dans les vers de dix syllabes, la césure est après la quatrième syllabe; le premier hémistiche est donc de deux pieds et le second de trois. Exemples :

Le ciel avec la barbe a voulu nous former,
C'est lui faire un affront que de la supprimer.

Dans un quartier des plus beaux de Paris,
Place Vendôme, était un heureux couple.

La césure est après *barbe, affront, quartier, Ven-*

dôme, et on reconnaît qu'elle est bonne, à ce que les hémistiches qui se terminent à ces mots forment un sens indépendant en quelque sorte de ce qui suit. C'est par l'oreille que le poète doit s'assurer si la césure est régulière. Voici néanmoins quelques règles qui pourront guider les commençants :

1° La césure serait mauvaise si le dernier hémistiche changeait le sens du premier, lu séparément, comme dans ce vers :

> Séjan fit *tout* trembler jusqu'à son maître.

Parce qu'en lisant *Séjan fit tout*, on semble exprimer que Séjan a tout fait, tandis que le vers entier indique que *Séjan a fait trembler tout*; ce qui est bien différent.

2° Il est évident aussi que la césure ne pourrait se trouver au milieu d'un mot, simple ou composé; ainsi on ne pourrait dire :

> Les ténèbres ne pourront jamais te comprendre,

parce que la sixième syllabe *pour*, ne finissant pas le mot, il est impossible d'y faire une pause : mais dans

> Les ténèbres jamais ne pourront te comprendre;

on peut s'arrêter après *jamais* et le vers est bon.

On reconnaîtra de même que la dernière des deux phrases ci-après peut seule former un vers régulier :

> Il va comme le *cerf*-volant braver la foudre.
> Comme le cerf-*volant* il va braver la foudre.

3° L'article ne formant un sens qu'avec le substantif qui s'y rapporte, ne doit pas terminer un hémistiche. Le vers suivant est donc mauvais :

Je fus témoin de *la* fureur qui l'animait.

4° Il en est de même des pronoms *ces, cet, dont, laquelle, lequel, ma, mes, mon, que, quel, sa, son,* et autres semblables, et on ne pourrait pas dire :

Le prélat, d'une voix conforme à son malheur
Leur confiait en *ces* mo's sa juste douleur.
La jeunesse sur *son* visage en sa fleur brille.
Voilà le héros *dont* le courage est si grand.
Nous devenons le *sien,* elle nous brave.

5° La même règle s'applique aux pronoms personnels, ainsi on ne doit pas construire des vers comme ceux-ci :

La sombre douleur qu'*il* ressent de ce trépas.
Songeons que la mort *nous* surprendra quelque jour.

6° L'adjectif ne peut être séparé par la césure du substantif auquel il se rapporte, comme dans ces vers :

S'il pouvait de ce *lieu* suprême s'approcher
Pour répandre de *vains* sanglots sur le rocher?

Mais lorsque plusieurs adjectifs se suivent, on peut faire une pause avant de les prononcer et ils n'empêchent pas la césure. Exemples :

Sapho, les yeux en pleurs, errante, échevelée,
Frappait de vains sanglots la rive désolée.

Comment ces courtisans doux, enjoués, aimables,
Sont-ils dans les combats des lions indomptables?

Ce dieu nous l'avons fait injuste, vain, jaloux,
Séducteur, inconstant, barbare comme nous.

7° La plupart des adverbes, ceux surtout qui n
sont que d'une ou de deux syllabes, tels que : ains
bien, fort, mal, mieux, plus, très, trop, etc., ne doi
vent pas non plus être séparés par la césure des ac
jectifs ou des verbes auxquels ils se rapportent. Comm
dans

Si tout se passe *ainsi* l'affaire est faite.

Il *désira* bien peu, n'eut jamais rien.

Pour combattre il *fallait bien* montrer du courage !

Ce jargon n'est pas *fort* nécessaire, me semble.

Du trône il n'avait *pas mal* sapé les appuis.

Nous verrons qui tiendra *mieux* parole des deux.

Quand les adverbes sont longs, ils peuvent souve
se mettre dans un autre hémistiche que les mots do
ils forment le complément. Exemple :

Condé, Danoi volaient *fièrement* au péril.

Gilotin *prudemment* rappelle le prélat

Le vieillard *humblement* l'aborde et la salue
En faisant avant tout briller l'or à sa vue.

Mais pourquoi *vainement* t'en retracer l'image ?
Tu le connais assez, Ariste est ton ouvrage.

Remarque. La césure est bonne lorsqu'elle v
après un adverbe placé avant le verbe, tandis qu'
serait presque toujours mauvaise, si elle était e

le verbe suivi de l'adverbe. Ainsi elle ne vaut rien dans

> Non, Rodrigue n'*aura jamais* cet avantage.
> On le vit *revenir aussitôt* du combat;

tandis qu'elle est bonne dans

> Non, Rodrigue *jamais n'aura* cet avantage.
> On le vit *aussitôt revenir* du combat.

8° Le verbe *être* ne peut se mettre à la césure quand il est suivi immédiatement d'un adjectif, comme dans

> Ses enfants *sont riches* de ses épargnes.

9° On ne doit pas non plus séparer par la césure les verbes auxiliaires lorsqu'ils précèdent immédiatement un participe passé.

> L'affreux reptile *avait fait* un bond de vingt pieds.
> Le maître autel *était orné* de fleurs nouvelles.
> Ainsi que vous *j'avais été* voir le monarque.

10° Une préposition et son régime ne peuvent être partagés par la césure. Exemple :

> Peut-être encor qu'*avec toute* ma suffisance
> Votre esprit manquera dans quelque circonstance.
> Moi vous revoir *après ce* traitement indigne!
> Je l'aime encor *malgré* ses infidélités.

11° Les locutions conjonctives telles que *afin de, aussitôt que, avant que de, encore que, tandis que,* etc., ne sauraient être coupées par la césure. On ne pourrait donc pas dire en vers :

Quoi, vous fuiez *tandis que* vos soldats combattent!

12° Deux verbes, ou un verbe et un substantif qui forment un sens indivisible ne doivent pas être séparés par la césure. Ces vers sont donc mauvais :

On ne m'a jamais *fait apprendre* que mes heures.
Oui le ciel a trop *pris plaisir* de m'affliger.
Si bien que les *jugeant morts* après ce temps-là
Il vint en cette ville et prit le nom qu'il a.
Je ne dois *pas* prétendre à tant de gloire.

13° Toutes les fois que le premier hémistiche d'un vers finit par un *e muet*, l'hémistiche suivant doit commencer par une voyelle ou une *h muette* afin que l'*e muet* soit élidé. Dans ces vers :

Voulez-vous de la foule obtenir les suffrages
D'un masque véridique habillez les visages.

L'*e* de *foule* et celui de *véridique* ne se prononcent pas, et les vers sont bons.

Hors ces deux cas, la césure ne doit jamais tomber sur un *e muet*, qu'il soit seul ou suivi de *s* ou de *nt*. Ainsi les phrases suivantes ne sont pas des vers :

Ce que l'*homme* chérit le plus, c'est l'or.
Toutefois la *table* sans superfluité.
Déjà deux servantes largement souffletées.
Dès lors ils vécurent tous deux à l'aventure.

Les vers de moins de dix syllabes n'ont pas de césure ; mais on doit y ménager des repos, qui, arri-
vant de temps en temps dans le corps du vers, rompent l'uniformité que le repos final occasionnerait.

Repos final. — Les observations qui viennent d'être
faites à l'égard de la césure, excepté celles qui con-
cernent l'*e muet* (13°), sont applicables au repos final,
car le sens doit permettre de faire une légère pause à
la fin des vers, autrement ils n'auraient pas de mesure ;
ce ne serait que de la prose rimée ; comme on peut le
remarquer dans les exemples ci-dessous.

Il faut bien peu pour me contenter, mais
Il faut pourtant quelque chose pour vivre.

Non, ce n'est pas la faim qui nous a fait
Sortir du lieu qui nous donna naissance
A tous les trois, car chacun y trouvait
Toujours de quoi suffire en abondance
A ses besoins, et dans nos appétits
Gloutons, les gros mangeaient les plus petits.

Nageant de mer et de rivière
En fleuve, ici d'une manière
Adroite, on nous vit arrêtés
Par des pêcheurs, et transportés
Chez le seigneur.

Il bâtit un magnifique
Palais où l'ordre ionique
Règne avec tant d'agrément
Qu'on l'admire justement.

De pareils vers sont insupportables ; on ne peut les
lire sans que les nerfs en soient affectés péniblement.
C'est qu'en effet on ne saurait placer au commence-

ment d'un vers des mots qui sont tout à fait inséparables de la fin du vers précédent, comme dans les expressions, *mais il faut, a fait sortir, donna naissance
à tous les trois, trouvait toujours, abondance à, appétits gloutons, de rivière en fleuve, manière adroite, arrêtés par, transportés chez, magnifique palais.*

Il est pourtant quelques circonstances dans lesquelles
des constructions de l'espèce peuvent être tolérées, et
d'autres où elles font même une beauté poétique. On
en trouvera des exemples ci-après sous le titre *enjambements.*

Enjambement. — Quand le sens n'est pas terminé à
la fin d'un vers, de sorte qu'il se continue sur le vers
suivant, il y a enjambement.

L'enjambement est par conséquent l'absence du repos
final, et les règles établies précédemment relativement
à la césure peuvent aussi servir à reconnaître l'enjambement.

On distingue deux sortes d'enjambements; selon
que la phrase dont il est formé se termine au commencement ou à la fin du second vers :

C'était votre nourrice. Elle vous ramena,
Suivit exactement l'ordre que lui donna
Votre père.

Votre père est un enjambement. On dit dans ce cas
que le vers tombe sur le nez,

Admirez avec moi le sort dont la poursuite
Me fait courir alors au piége que j'évite.

Dans cet exemple, le second vers en entier enjambe

sur le précédent. Ce dernier enjambement est admis, mais le premier est proscrit par Boileau, qui a dit dans son art poétique, en parlant des perfectionnements apportés par Malherbe à la versification française:

Et le vers sur le vers n'osa plus enjamber.

Cette règle doit être observée sans doute; mais elle n'est pas absolue.

Il faut d'abord remarquer qu'elle n'est rigoureusement applicable qu'aux vers de douze et de dix syllabes; attendu que dans les autres mesures il serait impossible et même mauvais de terminer toujours le sens à la fin du vers. Dans les exemples ci-après, les enjambements n'ont rien de contraire à l'harmonie.

Sa rage immolerait le monde
A son Dieu qu'il ne connaît pas.

Et que la sanglante Italie
Tremble, se taise et s'humilie.

De cet agréable rivage,
Où ces jours passés on vous vit
Faire, hélas! un trop court voyage.

Je me fais un plaisir bien doux
De parler sur la fin du jour
De vers, de musique, et d'amour.

D'un souris rappelle et rassure
Les ris......

Le tendre délire
Qui, cher à Thémire.

Dans les vers de douze syllabes surtout, l'enjambement doit être fort rare, et ne peut être admis que

2.

quand il produit un effet subit, une sorte de surprise, ou une image. Il exige du goût, lorsqu'il est amené à propos il embellit les vers en donnant au style de l'énergie, de la grâce et de la variété.

Voici des exemples de bons enjambements:

Là du sommet lointain des roches buissonneuses
Je vois la chèvre pendre......

Soudain le mont liquide élevé dans les airs
Retombe. Un noir limon bouillonne au fond des mers.

Elle parle: un roi tremble, et l'oracle homicide
Se tait.... Un calme heureux succède à tant d'horreur.

Tout le progrès, tout l'effort que produit
Le cours du temps, d'un instant fut le fruit.

On n'entendait que les cris redoublés
De liberté......

Trigaud, lui dis-je, à moi point ne s'adresse
Ce beau début, c'est me jouer d'un tour.

Vous connaissez l'impétueuse ardeur
De nos Français; ces fous sont pleins d'honneur.

Les suivants sont cités comme défectueux :

Quel que soit votre ami, sachez que mutuelle
Doit être l'amitié.

O jeunes voyageurs, dites-moi dans quels lieux
Je puis les retrouver. Enée à la déesse.
Répond en peu de mots. La jeune chasseresse...

Cette nymphe royale est digne qu'on lui dresse
Des autels......

Les parques se disaient : Charles, qui doit venir
Au monde......

Je veux, s'il est possible, attendre la louange
De celle......

Tandis la sainte nef, sur l'échine azurée
Du superbe Océan, naviguait assurée.

L'immortel attendri n'eût pas sonné sitôt
La retraite des eaux, que soudain flot sur flot....

On doit conclure de l'ensemble de ces remarques que l'enjambement est contraire au rhythme des vers français, que cependant on peut le tolérer dans les sujets familiers lorsqu'ils sont traités en vers de moins de dix syllabes; pourvu qu'il ne vienne pas trop souvent; que dans les vers de dix syllabes il doit être encore plus rare et n'est admissible dans l'alexandrin qu'autant qu'il forme une figure de style.

De la rime. — La rime, du grec *rhuthmos* (cadence), est une conformité de sons dans la terminaison de deux mots. *Chanter* et *monter* riment ensemble à cause de la syllabe finale *ter; aimable* et *coupable* riment aussi, en raison de leur désinence *able.*

Tous les vers français se terminent par des rimes.

Mortels, tout est pour notre usage;
Dieu vous comble de ses présents.
Ah! si vous êtes son image,
Soyez comme lui bienfaisant.

Cette espèce d'écho, produit par les terminaisons *age, ants,* et qui se fait entendre en se cadençant, donne aux vers beaucoup de mélodie et de charme. La rime sert donc, comme l'indique son étymologie, à marquer la *cadence* du vers; elle plaît en outre à l'oreille par le retour musical des mêmes sons : celui qui a le sentiment de l'harmonie poétique doit reconnaître qu'elle présente la plus grande similitude avec l'harmonie musicale : la mesure de l'une se retrouve dans l'autre ; la tonique se fait sentir dans les mots *usage, image* ; et l'accord parfait, la quinte, se montre dans le mélange des rimes *usage, présents.*

Deux conditions sont exigées pour la rime ; elle doit présenter une identité parfaite de son, c'est ce qu'on appelle rimer pour l'oreille.

C'est donc à tort que quelques auteurs font rimer :

Camille	avec	tranquille
trame	—	âme
dards	—	mars
chéris	—	Pâris
léger	—	enfer

En effet dans *Camille* les *ll* sont mouillées et celles de *tranquille* ne le sont pas ; l'*a* est bref dans *trame* et il est long dans *âme* ; enfin le *s* de *dards* celui de *chéris* et le *r* de *léger* sont muets, tandis que les mêmes lettres sonnent dans *mars*, *Pâris* et *Enfer*.

Il faut de plus que la dernière lettre de chaque rime lorsqu'elle est muette, soit semblable ou équivalente ; c'est ce qu'on appelle rimer pour les yeux. Les lettres équivalentes sont 1° *b* et *p* ; 2° *c, ch, g, k* et *q* ; 3° *d* et *t* ; 4° *f* et *v* ; 5° *g* et *j* ; 6° *m* et *n* ; 7° *s, z* et *x* ; 8° *i* et *y*.

Ainsi *bord* et *port* riment ensemble à cause du son *or* et de l'équivalence des lettres *d* et *t* ; il en est de même des mots *vous* et *doux* dans lesquels on trouve le son *ou* et les consònnes équivalentes *s* et *x*, *bord* et *mors* ne riment pas, attendu que les lettres *d* et *s* ne sont pas équivalentes; mais *bords* et *mors* riment parce qu'ils se terminent tous les deux par un *s*.

On trouve dans Châteaubriand *ruisseau* rimant avec *allegro*, *d'abord* avec *d'or*, *perd* avec *penser*: ce sont des fautes.

Tels sont les principes adoptés généralement pour la rime, mais après les avoir posés, les auteurs de traités de versification établissent des distinctions nombreuses et font une règle spéciale presque pour chaque rime en particulier; par exemple, ils disent que les voyelles simples *a*, *e*, *i*, *o*, *u*, doivent être précédées ou suivies d'une autre lettre sonore, que par conséquent *reçu* ne rimerait pas avec *connu*, parce que la similitude de son ne porte que sur l'*u*; ils veulent qu'on mette *déçu* avec *reçu*, *mur* avec *dur* afin d'avoir à la rime deux lettres *çu* d'une part, *ur* de l'autre. Ils font encore une exception en permettant de faire rimer les monosyllabes par une seule lettre, comme *bas* avec *états*, *mis* avec *prix*, *cri* avec *retenti*, *il a* avec *tomba*, *Pô* avec *Érato*, etc., comme si l'oreille, seul juge compétent de la rime, pouvait se prêter à de pareilles distinctions. Ils déclarent en outre qu'on peut encore rimer sur une seule lettre lorsqu'il n'y a pas beaucoup de mots de la même terminaison; ainsi *crochu* pourrait rimer avec *défendu*, parce que la désinence *chu* est rare; mais *défendu* ne pourrait aller avec *chevelu*, de sorte que le spectateur, lorsqu'il assiste à la représentation d'une tragédie, ne devrait pas se laisser entraîner par le charme de la poésie, avant d'avoir réfléchi sur le plus ou moins d'abondance des rimes dont l'auteur a fait usage.

Il faudrait donc aussi, avant de vouloir faire des vers, non-seulement apprendre par cœur le dictionnaire des rimes, mais encore savoir combien il y a de mots de chaque terminaison; est-il possible qu'on ait écrit des choses aussi stupides à propos de l'art le plus sublime, à propos de la poésie qui ne vit que d'inspirations, qui n'existe que par le génie de la création.

Dans le dictionnaire de Lemare, il est dit que la rime *ait* suffit pour les mots *bienfait*, *extrait*, parce que ce sont des substantifs, mais qu'elle ne vaudrait rien dans les verbes; que *dérobait*, par exemple ne rimerait pas avec *plaidait*: la raison, on ne la donne pas; c'est qu'en effet il serait difficile d'en indiquer une bonne.

Ce qui fait ressortir encore plus le ridicule de ces exceptions, c'est que les trois quarts des mots de la langue française y sont soumis.

Aussi presque tous les poètes se sont-ils affranchis de ces faux préceptes, et il n'en est peut-être pas un dans lequel on ne trouve des rimes analogues à celles qui composent le tableau suivant, extrait en totalité du premier chant de la Henriade.

		Rimes.
appas	États	*a*
combats	soldats	*a*
soldat	attentat	*a*
désormais	bienfaits	*é*
français	jamais	*è*
jamais	bienfaits	*é*
souhaits	jamais	*è*

		Rimes.
ainsi	élargi	*i*
humilie	ennemie	*i*
obéi	servi	*i*
réunis	Paris	*i*
s'obscurcit	mugit	*i*
suivit	récit	*i*
Arno	nouveau	*o*
flambeau	nouveau	*o*
héros	travaux	*o*
repos	pavots	*o*
imprévu	descendu	*u*
superflus	refus	*u*
vécu	vertu	*u*

Le seul point sur lequel il y ait plus d'accord entre les poètes et les auteurs des traités de versification, c'est que l'é *fermé* comme celui de *café*, et la terminaison *er* des infinitifs de la première conjugaison, qui donnent le même son que l'é *fermé* comme dans *porter*, ne suffisent pas pour la rime ; c'est-à-dire que *café* ne rimerait pas convenablement avec *bonté*, ni *porter* avec *sonner* parce que la similitude ne porte que sur les lettres *é* ou *er*.

Plusieurs écrivains ont cependant formé des rimes semblables. et je crois qu'ils ont eu raison ; car, comme je l'ai déjà remarqué, au commencement de ce chapitre, la coïncidence des sons sert autant à faire ressortir la cadence des vers et l'harmonie poétique, qu'à déterminer la rime, et il suffit pour cela que le son final, quelque bref qu'il soit, présente une parfaite similitude.

Voici quelques exemples de rimes établies sur la seule prononciation de l'é *fermé*.

Un cœur noble est toujours sensible à la pitié ;
Le sort de mon ami serait trop envié
    Si....   *Le Brun.*

Pour achever l'oreille que savez
Montons en haut. Dès qu'ils furent montés.....
                             La Fontaine.

    ... Ne voyant André
Crut qu'il était quelque part enfermé.
                             Le même.

    Le père suit, laisse sa femme entrer
Dans le dessein seulement d'écouter.
                             Le même.

    On le voit souvent par degrés
    Tomber à flots précipités.

    Autant de baisers que de roses,
    Rivale des zéphirs légers,
Vénus en donne tant de ses lèvres mi-closes,
Que les roses bientôt vont manquer aux baisers.

. . . .
Depuis ce jour tout brûle et s'unit et s'enlace,
Le bouton d'un beau sein est éclos du baiser :
Une rose y fleurit pour y marquer sa trace,
Fier de l'avoir vu naître il aime à s'y fixer.
                             Dorat.

    Où nous venions nous promener.
    Dans peu de temps au pire aller.
                           Mary Lafon.

Alors on ne voit plus un seul oiseau voler,
Alors sous les rameaux ils restent sans chanter.
                             Le même.

    Des cabanes le long d'un pré
    De l'un et de l'autre côté.
                             Le même.

Un juge incorruptible y rassemble à ses pieds
Ces immortels esprits que son souffle a créés.
                             Le même.

Les rimes de la langue française peuvent se diviser en six classes, selon les lettres qui les composent, comme on le voit dans les exemples ci-après :

PREMIÈRE CLASSE.

Rimes formées d'une voyelle seule.

PREMIÈRE CATÉGORIE.

Terminaisons comprises dans cette catégorie :

Voyelles simples.... a, i *ou* y, o, u.
— doubles.... ai *ou* ei, eu, oi, ou.
— , nasales..... an *ou* en, ein *ou* in, on, un.

Exemples :

agenda	sofa
obéi	servi
Sully	Thierry
Neuilly	fini
Erato	Jéricho
ému	tribu
délai	essai
bleu	aveu
loi	moi
acajou	trou
Océan	Trajan
dessein	essaim
vin	vain
bon	mon
aucun	tribun

DEUXIÈME CATÉGORIE.

É précédé d'une autre lettre.

Le son de l'*é formé* étant très-bref est ordinairement

3

précédé d'une consonne ou d'une autre voyelle, comme dans *courbé* et *tombé*, *délié* et *plié*, quoique d'après les observations faites ci-dessus, cet *é* paraisse devoir suffire seul pour la rime.

Terminaisons comprises dans cette catégorie :

aé, éé, ié *ou* yé, oé, oué.
bé, cé, *ou* ssé *ou* xé, ché, dé, fé *ou* phé,
gué, hé, jé, ké *ou* qué, lé, llé *mouillé*,
mé, né, pé, ré, té, vé, zé *ou* sé.

Exemples :

Aglaé	Danaé
agréé	créé
convié	plié
Noé	Chloé
tué	diminué
cloué	loué
courbé	tombé
énoncé	passé
caché	fâché
Condé	vidé
café	coiffé
brigué	allégué
ailé	gelé
aimé	animé
aîné	donné
trompé	coupé
fabriqué	plaqué
foré	moiré
tenté	bonté
sauvé	trouvé
fixé	annexé
aisé	gazé

DEUXIÈME CLASSE.

Rimes formées d'une voyelle suivie de consonnes muettes.

Ces rimes comprennent tous les sons de la première classe. La prononciation est tantôt longue et tantôt brève. Elle est toujours longue pour les mots terminés par les lettres muettes s, x, z.

convier	prier
bas	pas
tabac	almanach
coud	tout
banc	sang
moins	points
radis	puits
pris	prix
dis	riz
héros	travaux
voix	bois
courbés	tombez
énoncer	passer
aimer	animer
porter	tenter

TROISIÈME CLASSE.

Rimes formées d'une voyelle suivie d'un e muet seul ou accompagné de s ou nt.

A l'exception des voyelles nasales, toutes celles qui composent les rimes de la première classe sont comprises dans la troisième. L'e *muet* rend la prononciation plus longue.

aînée	formée
aînées	formées
cadencée	trompée
cadencées	trompées
unie	vie
suivies	réunies
dénient	envient
avaient	dormaient
boue	joue
roues	proues
lieue	queue
nue	revue

QUATRIÈME CLASSE.

Rimes terminées par des consonnes sonores.

Dans ces rimes, il n'est pas nécessaire que l'*é fermé* soit précédé d'une autre lettre.

Toutes les terminaisons de la première classe servent à former la quatrième en y ajoutant des consonnes sonores :

La prononciation est brève.

amer	belvéder
cher	cuiller
enfer	hier
hiver	Jupiter
Pater	ver
sac	tillac
sec	varech
obéir	fuir
syndic	brick
castor	Confiteor
erreur	défenseur

Raoul	Vesoul
séjour	tambour
fémur	futur

CINQUIÈME CLASSE.

Rimes terminées par une consonne sonore suivie de consonnes muettes.

Cette classe renferme les mêmes sons que la quatrième, mais la prononciation en est généralement plus longue notamment dans les mots finissant par un *s muet.*

Pars	vieillards
enfers	mers
désirs	soupirs
bord	port
efforts	corps
murs	fémurs
cœurs	labeurs
arrosoirs	mouchoirs
lourd	sourd
meurs	sœurs

SIXIÈME CLASSE.

Rimes terminées par des consonnes sonores suivies d'un e muet, seul ou accompagné de s ou nt.

Ces rimes comprennent tous les sons de la quatrième classe, et se prononcent de la même manière.

capitale	morale
cigales	opales
charment	désarment
classe	cuirasse

Epidaure	Minotaure
calèches	flèches
cicatrices	sévices
pontife	griffe
cuve	étuve
cuivre	vivre
blonde	rotonde
loutre	poutre
gendre	rendre
épingle	tringle
Alphonse	réponse

Exceptions. — Il est interdit de faire rimer un mot avec lui-même ou avec son dérivé quand l'origine commune des deux expressions s'aperçoit facilement comme dans

Ami	ennemi
battre	combattre
bonheur	malheur
complet	incomplet
dire	médire
écrire	souscrire
nom	surnom
ordre	désordre
parfait	imparfait
parvenir	revenir
voir	revoir
vue	entrevue

Mais les mots semblables riment lorsque leur signification diffère, et il en est de même des expressions formées d'un radical unique quand l'étymologie n'est pas trop saillante.

On peut donc faire rimer :

1° Armand,	nom;	avec armant,	participe.
enseigne,	substantif; —	enseigne,	verbe.
livre,	ouvrage; —	livre,	poids.
pierre,	minéral; —	Pierre,	prénom.
point,	substantif; —	point,	négation.
vers,	poésie; —	vers,	insectes.

2° accès	avec succès
conquête	— requête,
coup	— beaucoup
dépôt	— impôt
donner	— pardonner
fort	— effort
front	— affront
gage	— engage
jours	— toujours
larmes	— alarmes
lustre	— illustre
mander	— commander
objet	— sujet
prendre	— surprendre
soin	— besoin
source	— ressource
temps	— printemps
tester	— détester
traits	— attraits
voir	— pouvoir

Classification des rimes. — On a divisé les rimes en deux espèces appelées *rimes masculines* et *rimes féminines*; les premières sont celles qui finissent par toute autre lettre qu'un *e muet* seul ou suivi de *s* ou de *nt*, comme *chanter*, *porter*; *finir*, *venir*; *bord*, *port*; et comprennent les exemples donnés précédemment dans la 1re, la 2e, la 4e et la 5e classe.

Les rimes féminines sont par conséquent celles qui ont pour terminaisons les lettres muettes *e, es* ou *ent*, comme *chante, plante ; chantes, plantes ; chantent, plantent*, etc. Ce sont celles qui composent la 3° et la 6° classe.

Un vers terminé par une rime masculine prend le nom de *vers masculin*, et celui qui finit par une rime féminine, s'appelle *vers féminin*.

Mélange des rimes. — Il est interdit de mettre à la suite l'un de l'autre deux vers masculins ou deux vers féminins s'ils ne riment pas ensemble.

Cette règle n'était pas encore établie du temps de Marot ; mais on en sentira l'importance en lisant les vers suivants de ce poète :

> Ami très-cher, ce lui réponds-je alors,
> De quoi te plains? jete ce soin dehors ;
> Car sans ta peine aviendra ton désir,
> Si oncques muse à l'autre fit plaisir.
> Prisé, loué, fort estimé des filles
> Dans certains lieux, et beau joueur de quilles.
> Ce vénérable Hillot fut averti
> De quelque argent que m'aviez départi,
> Et que ma bourse avait grosse apostume ;
> Si se leva plus tôt que de coutume
> Et me va prendre en tapinois icelle,
> Puis vous la met très-bien sous son aisselle,
> Argent et tout, cela se doit entendre.
> Et ne crois point que ce fût pour la rendre.
> Car onc depuis n'en ai ouï parler.

En lisant ces vers avec attention, on s'aperçoit que le choc des rimes *dehors, désir, coutume, icelle aisselle, entendre*, a quelque chose de rude à l'oreille, tandis que la rencontre de celles-ci : *quilles, averti, départi, apostume, rendre, parler* est au contraire très-agréable.

La distinction et le mélange des rimes masculines et féminines sont donc essentiels, et il est hors de doute qu'ils ont pour but d'éviter la monotonie qui résulterait souvent du retour trop rapproché des mêmes sons ou de consonnances qui auraient entre elles trop de rapports, et de donner en même temps plus de douceur et d'harmonie aux vers par la variété des terminaisons.

Il faudrait donc pour que la règle remplît complétement cette condition, qu'il y eût la plus grande différence possible entre les vers masculins et les vers féminins, c'est en effet ce qui a lieu le plus souvent; mais pas toujours comme je vais le prouver.

Observations sur les rimes masculines et féminines. — Dans presque tous les mots français qui se terminent par un *e muet*, la dernière lettre qui frappe l'oreille est une consonne, comme on le voit par les suivants : *robe, nuque, raide, agrafe, rouge, aile, âme, Anne, coupe, rire, cesse, pâte, rive, axe*, où l'on ne prononce que *rob, nuc, raid, agraf*, etc.; il n'y a d'exception que pour des mots assez rares, tels que *raie, vie, nue, aimée, joue*.

D'un autre côté les mots qui n'ont pas cet *e muet* font entendre le plus souvent une voyelle finale. Exemple, *drap, pied, nid, caveau, plus, voix, lieu, bien, loin*; ceux qui se terminent par une voyelle sonore tels que *sac, Joad, vif, Tarn, fer, parc*, sont bien moins nombreux.

3.

Ne serait-on pas fondé à croire que la distinction des vers en masculins et féminins avait originairement pour but de séparer les rimes qui s'arrêtent sur une voyelle, de celles qui se terminent par une consonne?

Cette division serait en effet rationnelle et ne souffrirait aucune exception; au contraire la règle de l'*e muet* est souvent en défaut. Pour s'en convaincre, il suffit de remarquer que le mot *encore*, écrit avec ou sans *e*, ne change pas de prononciation et donne cependant une rime masculine ou une rime féminine.

On ne saurait admettre que des sons parfaitement identiques puissent appartenir à deux classes différentes de rimes, ainsi *asphalte, entaille, heure* étant des rimes féminines, il faut que *cobalt, portail, peur* soient aussi des rimes féminines puisqu'elles ont absolument le même son.

Je ne veux pas dire que *cobalt* puisse se placer à la rime avec *asphalte*; ce serait contraire à la règle qui oblige à rimer pour les yeux; mais je pense que le dernier son de ces deux mots étant tout à fait semblable pour l'oreille, ils doivent être rangés dans le même genre de rimes.

Le tableau suivant donne un aperçu des terminaisons qui présentent une pareille similitude.

Achab	arabe
club	cube
parc	Aristarque
lillac	casaque
Joad	grade
courbé	tombée
donnés	journée

frais	futaie
lait	laie
paix	paie
palais	plaie
bref	greffe
admis	amie
appel	cannelle
colonel	cannelle
colossal	succursale
corail	mitraille
portail	entaille
factotum	tome
Siam	trame
Tarn	lucarne
cap	pape
amer	mère
brocart	amarre
clair	caire
corridor	matadore
dollar	déclare
dur	bordure
fuir	réduire
lard	lare
nectar	tartare
peur	heure
tambour	bourre
bis	malice
Madras	terrasse
Mars	farce
Brest	peste
cobalt	asphalte
correct	directe
mat	casemate
prévus	pourvue
borax	taxe
gaz	gaze

L'analogie de ces prononciations est certainement plus grande que dans *bibliothèque* et *évêque*, *couronne* et *trône*, *doge* et *auge*, *endosse* et *sauce*, *flamme* et *âme*, *jeûne* et *jeûne*, *sotte* et *pentecôte* qu'on fait quelquefois rimer ensemble.

Aussi trouve-t-on fréquemment des passages dont les rimes se heurtent avec rudesse et d'autres où elles produisent une insipide monotonie. En voici des exemples :

> Dans l'innocence première
> Affermi par ce pouvoir,
> Chacun puisait la lumière
> Aux sources du vrai savoir ;
> Et dans ce céleste livre,
> Des leçons qu'il devait suivre,
> Toujours prêt à se nourrir,
> Préférait l'art de bien vivre
> A l'art de bien discourir.

> Le fils, éternisant les images si chères,
> Raconte à ses neveux le bonheur de leurs pères ;
> Et ce nom dont la terre aime à s'entretenir
> Est porté par l'amour aux siècles à venir.
> Si pourtant, ô grand roi, quelque esprit moins vulgaire,
> Des vœux de tout un peuple interprète sincère,
> S'élevant jusqu'à vous par le grand art des vers,
> Osait sans vous flatter vous peindre à l'univers...

Toutes ces rimes en *r* qui seraient bonnes si elles venaient alternativement avec d'autres sons, n'ont certainement rien d'agréable lorsqu'elles se trouvent ainsi accumulées.

Il suffit de lire les vers ci-après pour s'apercevoir

que les rimes toutes formées de voyelles, ne se marient pas agréablement.

> Jusqu'à toi toujours désunie,
> L'Europe par tes soins heureux
> Voit les chefs les plus généreux
> Inspirés du même génie.
> Ils ont vu par la bonne foi
> De leurs peuples troublés d'effroi,
> La crainte heureusement déçue,
> Et déracinée à jamais
> La haine si souvent reçue
> En survivance de la paix. (Rouss. p. 108.)

Est-il rien de plus monotone que la réunion de ces sons *ie, eux, oi, ue, ais*.

> Et cette église seule, à mes ordres rebelle,
> Nourrira dans son sein une paix éternelle :
> Suis-je donc la Discorde? et parmi les mortels,
> Qui voudra désormais encenser mes autels?

Tout le monde sent que ces quatre rimes en *el* sont identiques et ne sauraient être rangées dans deux classes différentes.

La Harpe cite avec raison, comme défectueux à cause de leur rime, les quatre vers suivants :

> Et les bombes dans les airs,
> Allant chercher le tonnerre,
> Semblent, tombant sur la terre,
> Vouloir s'ouvrir les enfers.

En lisant avec attention les six premiers vers de l'*Art poétique*, on s'aperçoit facilement que les rimes, toutes terminées par des consonnes, en sont sèches, rudes, tandis que celles des huit premiers vers du second chant, formées alternativement de voyelles et de consonnes, ont au contraire beaucoup de douceur et d'harmonie.

1er CHANT.

C'est en vain qu'au Parnasse un téméraire auteur
Pense de l'art des vers atteindre la hauteur,
S'il ne sent point du ciel l'influence secrète,
Si son astre en croissant ne l'a formé poète ;
Dans son génie étroit il est toujours captif,
Pour lui Phébus est sourd, et Pégase rétif.

2e CHANT.

Telle qu'une bergère, au plus beau jour de fête,
De superbes rubis ne charge point sa tête,
Et sans mêler à l'or l'éclat des diamants,
Cueille en un champ voisin ses plus beaux ornements;
Telle, aimable en son air, mais humble dans son style,
Doit éclater sans pompe une élégante idylle.
Son ton simple et naïf n'a rien de fastueux
Et n'aime point l'orgueil d'un vers présomptueux.

Dans les quatre vers suivants, on remarquera aussi l'effet désagréable que produisent quatre rimes voyelles de suite.

Dieux ! quel ravissement ! quelle douceur pour moi
De trouver un héros dans le fils de mon roi !
Mais de ce bien si doux que vous troublez la joie,
Par les transports secrets où je vous vois en proie !

Réforme. — On éviterait les défauts qui viennent d'être signalés, en rangeant dans la classe des rimes masculines tous les mots dont le son s'arrête sur une voyelle, comme *combat, formé, formée, uni, amie, caveau, repos, pourvu,* et en général ceux qui se terminent comme dans les trois premières classes ci-dessus.

Les mots qui, pour l'oreille, se terminent par une consonne, formeraient les rimes féminines ; ce seraient par exemple *robe, club, froc, prude, vif, coffre,* et en général les mots qui finissent comme ceux des classes nos 4, 5 et 6. Exemples nos 5, 6 et 7 (page 423).

Ou plutôt il serait plus exact de remplacer les dénominations de rimes masculines et de rimes féminines par celles de *rimes voyelles* et de *rimes consonnes* ; on éviterait ainsi toute confusion.

Ces rimes devraient d'ailleurs alterner selon la règle établie pour les vers masculins et féminins.

On ne peut contester à cette division, basée sur la prononciation réelle des rimes, plus de justesse et de raison qu'à la distinction fondée uniquement sur l'*e muet.*

Il n'est pas un auteur qui, en traitant de la rime, n'ait déclaré qu'elle était faite essentiellement pour l'oreille, tous conviennent que la similitude exigée dans l'orthographe n'est qu'une chose accessoire ; pour être conséquent avec ces principes, il faut donc s'adresser à l'oreille pour distinguer les rimes les unes des autres.

En effet, la rime, c'est le *son ;* comment une lettre muette pourrait-elle établir des différences, dans une circonstance où le *son* est tout. La distinction que je propose, au contraire, se rapporte aux **deux** grandes

divisions des *sons* dont la langue française est formée:
la prononciation est de deux sortes, figurées par deux
espèces de lettres, les voyelles et les consonnes, et la
rime étant basée sur la prononciation, il paraît évident
qu'on n'y peut établir d'autres divisions que celles des
sons fournis par ces voyelles et par ces consonnes.

Voltaire, l'un de nos écrivains les plus harmonieux,
paraît avoir senti cette règle, car on trouve fréquemment dans ses ouvrages de longues périodes où elle a
été observée, et il ne serait pas juste d'attribuer pure-
ment au hasard cette heureuse coïncidence. Il est
bien plus raisonnable de croire qu'elle tient au goût
épuré et à la délicatesse d'oreille du poëte.

En voici un exemple :

> Bussi, qui s'estime et qui s'aime
> Jusqu'au point d'en être ennuyeux,
> Est censuré dans ces beaux lieux
> Pour avoir, d'un ton glorieux,
> Parlé trop souvent de lui-même.
> Mais son fils, son aimable fils,
> Dans le temple est toujours admis,
> Lui qui, sans flatter, sans médire,
> Toujours d'un aimable entretien,
> Sans le croire, parle aussi bien
> Que son père croyait écrire.
> Je vis arriver en ce lieu
> Le brillant abbé de Chaulieu
> Qui chantait en sortant de table.
> Il osait caresser le dieu
> D'un air familier, mais aimable.
> Sa vive imagination
> Prodiguait, dans sa douce ivresse,
> Des beautés sans correction,

Qui choquaient un peu la justesse,
Mais respiraient la passion.
Lafare avec plus de mollesse,
En baissant sa lyre d'un ton,
Chantait auprès de sa maîtresse
Quelque vers sans précision,
Que le plaisr et la paresse
Dictaient sans l'aide d'Apollon.
Auprès d'eux le vif Hamilton,
Toujours armé d'un trait qui blesse,
Médisait de l'humaine espèce,
Et même d'un peu mieux, dit-on.
L'aisé, le tendre Saint-Aulaire,
Plus vieux encor qu'Anacréon,
Avait une voix plus légère ;
On voyait les fleurs de Cythère
Et celles du sacré vallon
Orner sa tête octogénaire.

Le même morceau renferme une tirade de 44 vers aussi parfaits. C'est la description du temple du goût.

Dans l'épitre de Bernard sur l'automne, on trouve aussi un passage de 38 vers sans une seule faute au mélange des rimes voyelles et des rimes consonnes. La pièce du même auteur, sur le printemps, contient une autre série de 28 vers qui présentent la même exactitude.

A la vérité, ces exemples offrent le mélange des rimes masculines et féminines en même temps que celui des rimes voyelles et des rimes consonnes ; mais je ne persiste pas moins à penser que le dernier suffit et qu'on pourrait, sans blesser l'oreille, faire suivre immédiatement deux vers masculins ou féminins qui ne rimeraient pas ensemble, si toutefois les rimes étaient voyelles et consonnes alternativement.

Voici des vers du Marot qui permettront d'asseoir un jugement :

> Est aussi sûre, avenant mon trépas,
> Comme avenant que je ne meure pas.
> Avisez donc si vous avez désir
> De me prêter : vous me ferez plaisir,
> Car, depuis peu j'ai bâti à Clément,
> Là où j'ai fait un grand déboursement.

Il faut lire ces vers et ne s'attacher qu'à l'effet des rimes les unes à l'égard des autres ; avec une oreille délicate, on s'apercevra facilement que *pas* et *désir*, *plaisir* et *clément*, qui toutes sont des rimes masculines, loin d'être désagréables, ont au contraire dans leur rencontre une variété qui plaît et beaucoup de mélodie.

Ces exemples prouvent d'une manière incontestable que le mélange des rimes voyelles avec les rimes consonnes est le seul qui donne de l'harmonie aux vers, et qu'il doit être préféré à celui des rimes masculines et féminines.

Rimes riches. — Toutes les terminaisons, comprises dans les sept exemples qui précèdent, forment des *rimes suffisantes*, parce qu'elles ne contiennent que ce qui est rigoureusement exigé.

On appelle *rimes riches*, celles qui ont une lettre de plus (lettre sonore précédant la rime); quand elles en ont deux on les dit *très-riches*.

Rimes suffisantes		Rimes riches.		Rimes très-riches.	
auteur	eur	auteur	teur	auteur	auteur
bonheur	eur	facteur	teur	hauteur	auteur
latin	in	latin	tin	latin	atin
vélin	in	lutin	tin	patin	atin
fameux	eux	fameux	meux	fameux	ameux
dangereux	eux	écumeux	meux	rameux	ameux
brunir	ir	brunir	nir	brunir	unir
avilir	ir	définir	nir	punir	unir

La rime donne beaucoup de charme aux vers; elle contribue puissamment à l'harmonie par le mélange bien entendu des vers masculins et des vers féminins (ou des rimes voyelles avec les rimes consonnes); mais il ne faut pas en conclure que plus elle est riche et mieux elle vaut. Un poème composé entièrement de rimes riches serait monotone à cause de la trop grande uniformité des sons à la fin de chaque vers.

Ce serait absolument comme un morceau de musique dont l'accompagnement ne se composerait que d'octaves: les octaves sont certainement les accords les plus agréables; mais ils impatienteraient s'ils n'étaient entremêlés de tierces et de quintes.

Rimes composées. — Nos anciens poètes avaient imaginé plusieurs combinaisons de rimes qui offraient quelque rapport avec les rimes riches; elles n'avaient d'autre mérite que celui de la difficulté vaincue et elles sont maintenant tout à fait abandonnées.

Je vais les indiquer sommairement, autant parce qu'elles appartiennent à l'histoire de notre versification que pour prémunir les jeunes gens contre ces sortes de conceptions.

Rime annexée. — Elle forme la première syllabe du vers qui suit. Exemple :

> Dieu gard' ma maîtresse et régente,
> Gente de corps et de façon;
> Son cœur tient le mien en sa tente,
> Tant et plus d'un ardent frisson.

Rime batelée. — Rime du premier hémistiche d'un vers avec le dernier hémistiche du vers précédent.

> Quand Neptune   puissant dieu de la mer
> Cessa d'armer   caraques et galées,
> Les Gallicans   bien le durent aimer
> Et réclamer   ses grand's ondes salées.

Il est bon de remarquer en passant que *mer* et *aimer* ne riment pas bien, puisque le *r* du premier sonne et qu'il est muet dans le second.

Rime brisée. — Cette rime se met aux premiers hémistiches, de sorte qu'en lisant d'abord tous les premiers hémistiches et ensuite tous les autres, on trouve un sens différent de celui que présentent les vers lus dans l'ordre ordinaire. Exemple :

> De cœur parfait   chassez toute douleur;
> Soyez soigneux   n'usez de nulle feinte;
> Sans vilain fait   entretenez douceur.
> Vaillant et preux   abandonnez la crainte.
> Par bon effet   montrez votre valeur.
> Soyez joyeux   et bannissez la plainte.

Rime couronnée. — Elle se forme par le redouble-
ment de la rime à la fin du vers. Exemple :

> La blanche colombelle belle,
> Me jette un œil friand, riant.

Rime empérière. — Elle consiste à répéter trois fois
la syllabe qui forme la rime. Exemple :

> Prenez en gré mes imparfaits faits faits,
> Benins lecteurs, très-diligents gens gens.

Rime équivoque. — C'est une espèce de calembour
formé par la rime. Exemple :

> Bref, c'est pitié entre nous rimailleurs,
> Car vous trouvez assez de rime ailleurs,
> Et quand vous plaît, mieux que moi rimassez,
> De bien avez, et de la rime assez.

Rime fraternisée. — Le son du mot qui forme la
rime se retrouve tout entier au commencement du
vers suivant, ce qui distingue cette rime de l'annexée,
dans laquelle on ne répète que la dernière syllabe.
Exemple :

> Mets voile au vent, cingle vers nous, Caron,
> Car on t'attend et quand seras à tente
> Tant et plus bois bonum vinum carum
> Qu'aurons pour vrai. Donque sur longue attente
> Tente tes pieds à ce descente sente
> Sans te fâcher mets en soi content tant
> Qu'en ce faisant nous le soyons autant.

Rime kyrielle. — Répétition du même vers à la fin

de chaque couplet. Elle est encore usitée dans les chansons où elle porte le nom de refrain. Exemple :

> Qui voudra savoir la pratique
> De cette rime juridique,
> Je dis que bien mise en effet,
> La kyrielle ainsi se fait.
>
> De place de syllabe huit,
> Usez-en donc si bien vous duit,
> Pour faire le couplet parfait
> La kyrielle ainsi se fait.

Rime sénée. — Espèce d'acrostiche qui consiste à commencer tous les vers, où tous les mots de chaque vers par la même lettre. Exemple :

> Miroir mondain, madame magnifique,
> Ardent amour, adorable angélique.

Bouts rimés. — On donne ce nom à des compositions faites sur des mots donnés d'avance pour former les rimes. Par exemple, les quatrains suivants ont été établis sur *buste, glaçons, moissons, buste, Auguste, leçons, chansons, juste.*

> Que vois-je ! et quel héros représente ce   buste !
> Un prince qui de l'Inde aux climats des   glaçons,
> De lauriers immortels fera plus de   moissons
> Que celui que la fable a dépeint si ro   buste.
> Issu d'un roi plus grand qu'Alexandre et qu'   Auguste,
> De ces fameux vainqueurs il suivra les   leçons ;
> Tandis que les neuf sœurs diront dans leurs   chansons,
> Son cœur est aussi grand que son esprit est   juste.

Musique. — D'après les observations qui précèdent,

c'est par le *son* seulement, et non par la présence ou l'absence d'un *e muet* à la fin des mots, que la distinction des rimes doit être établie.

En suivant ce principe, les mots terminés par des consonnes sonores, tels que *parc, Annibal, honneur, Mars*, forment des rimes féminines, et ceux qui finissent par un *e muet* précédé d'une autre voyelle, comme *joie, pluie, futaie, avenue*, donnent des rimes masculines.

Ces *e muets*, à la fin des vers, ne se prononcent pas dans la déclamation; mais on a conservé à tort l'habitude de les faire entendre dans le chant, par exemple dans ce couplet:

	on devrait prononcer	on dit
Injuste en ma colère	*èr*	*è reu*
Je lui disais jaloux	*ou*	*ou*
D'autres sauront me plaire	*air*	*ai reu*
Me charmer mieux que vous	*ou*	*ou*
Et cependant fidèle	*èl*	*è leu*
Oui, mes amis, je l'avouerai,	*rai*	*rai*
Je n'aime qu'elle,	*èl*	*el leu*
C'est vrai	*rai*	*rai*

Est-il rien de plus désagréable que tous ces *eu eu* qu'on entend à la fin de chaque vers féminin?

Ce défaut provient de ce que les musiciens, en composant des airs sur les couplets, augmentent à tort d'une syllabe les vers féminins; ils rompent ainsi la mesure et font perdre à la poésie, en obligeant le chanteur à prononcer tous ces *eu eu*, une grande partie de l'harmonie qui résulterait de la variété des terminaisons, si la voix du chanteur s'arrêtait, comme celle du déclamateur, sur la lettre qui précède l'e muet.

C'est ce défaut qui, à la fin du dernier siècle, a suscité tant de critiques contre notre système musical; Voltaire avait remarqué que dans notre chant on n'entendait que des eu eu, et La Harpe, en défendant à bon droit notre langue, a fait voir qu'il ne fallait accuser que la musique de l'époque : il cite les vers de Rousseau et quelques autres dans lesquels, en portant l'agrément musical sur la pénultième syllabe, ces eu eu, si désagréables, disparaissent presque entièrement.

L'observation est fondée, mais le remède proposé ne fait qu'atténuer le mal; il ne le détruit pas entièrement: on n'obtiendra ce résultat que lorsqu'on se conformera à la mesure réelle des vers; c'est-à-dire quand on ne comptera pas neuf syllabes pour un vers qui n'en doit avoir rigoureusement que huit, et il faut pour cela que l'e muet des vers féminins soit totalement rejeté de la prononciation.

Sicart avait peut-être raison de proposer la suppression absolue de l'e muet, si nous conservons cette lettre dans notre écriture, faisons du moins en sorte qu'elle ne nuise pas à notre langue poétique.

Disposition des rimes. — Selon la disposition qu'on leur donne, les rimes ont reçu des noms différents; on les appelle rimes plates, lorsqu'après deux vers masculins viennent deux vers féminins, puis deux vers masculins, et ainsi de suite; cette disposition est généralement adoptée dans la haute poésie ; ainsi on s'en sert pour les poëmes épiques, les tragédies, les comédies, les poèmes sérieux d'une certaine étendue, comme l'art poétique, les satires, les épitres, etc.

> La mode, me dis-tu, j'y tiens peu, je t'assure,
> Et dans mes actions j'observe la nature ;
> La raison, sans effort, nous enseigne ses lois,
> Et nous y conformer est un devoir, je crois.

On doit éviter le retour trop fréquent des mêmes rimes ; il importe surtout de ne pas les reproduire quand elles ne sont séparées que par un ou deux vers, comme dans cet exemple :

> Dieu lui seul infini n'a jamais commencé.
> Quelle main, quel pinceau dans mon âme a tracé
> D'un objet infini l'image incomparable ?
> Ce n'est point à mes sens que j'en suis redevable.
> Mes yeux n'ont jamais vu que des objets bornés,
> Impuissant, malheureux, à la mort destinés.
> Moi-même je me plais en ce rang déplorable,
> Et ne puis me cacher mon malheur véritable.

Rimes croisées. — Quand les vers de même rime sont séparés d'une manière symétrique par des vers de rime différente. Les pièces divisées en stances, telles que les odes, les sonnets, les chansons, etc., se font souvent en rimes croisées.

> Corinne à feindre m'engage,
> Pour mieux tromper les témoins ;
> Ce qui lui plaît davantage
> Semble lui plaire le moins :
> L'herbe où son troupeau va paître
> Voit le mien s'en écarter,
> Et je semble méconnaître
> Son chien qui vient me flatter.

4

Rimes mêlées. — Quand les vers masculins et les vers féminins se succèdent sans uniformité; c'est ainsi que sont écrites presque toutes les fables de La Fontaine.

> Combien de fois, ô grand homme, ô Corneille!
> En te lisant as-tu rempli ma veille ?
> De quel rayon le ciel t'illumina !
> Quel feu divin s'alluma dans tes veines,
> Quand du faux goût rompant les lourdes chaînes,
> Et t'élevant de Clitandre à Cinna,
> Par les lauriers que ta main moissonna,
> Paris devint la rivale d'Athènes.

Rimes redoublées. — Lorsqu'on met plus de deux vers sur chaque rime. Cette disposition convient pour la poésie légère. Voltaire, Bernard, Aimé Martin, ont fait des compositions très-gracieuses en rimes redoublées, etc.

> Comme l'homme est infortuné !
> Le sort maîtrise sa faiblesse,
> Et de l'enfance à la vieillesse
> D'écueils il marche environné;
> Le temps l'entraîne avec vitesse;
> Il est mécontent du passé;
> Le présent l'oblige et le presse:
> Dans l'avenir toujours placé,
> Son bonheur recule sans cesse.

Monorimes. — Poésie composée sur une seule rime. Le retour uniforme des mêmes sons à la fin de chaque vers est insipide. Il suffit de lire ce qui suit pour reconnaître la monotonie et le manque de goût des pièces de ce genre.

Melpomène, rimons en ise ;
Que ce beau jour on solennise ;
Puisqu'un grand prélat de l'Église,
Un enfant nouveau né baptise ;
Qu'une duchesse en grâce exquise
En est la marraine requise ;
Qu'un comte, que l'on préconise
Par son esprit et sa franchise,
En est le parrain. Sans remise,
Pour lundi la mesure est prise,
Après midi, l'heure est précise,
Nous y verrons une marquise
Dont les vertus l'on canonise :
De plaire au seigneur elle vise,
Car sa grâce la favorise
Et la tient à ses lois soumise.

De l'hiatus. — Un mot qui commence par une voyelle ne peut, dans un vers, se mettre à la suite d'un autre mot finissant par une lettre de même espèce ; cette rencontre de deux voyelles est un défaut qu'on appelle *hiatus*.

Les poëtes qui ont précédé Malherbe ne connaissaient pas cette règle et leurs vers ont beaucoup d'hiatus ; il s'en trouve quatre dans le passage suivant de Marot :

Puisque de vous je *n'ai autre* visage,
Je m'en vais rendre ermite en un désert,
Pour prier Dieu, *si un* autre vous sert,
Qu'*ainsi que moi,* en votre honneur soit sage.
Adieu, amour, adieu, gentil corsage.

Le mot *et* dont le *t* ne se prononce jamais forme aussi hiatus, le vers suivant est donc mauvais.

Le juge prétendait qu'à tort *et à* travers.

Le *h muet* étant considéré comme nul, n'empêche pas non plus l'hiatus, et le vers ci-après est défectueux.

Le *vrai honneur* sur lui fut toujours sans pouvoir.

Mais lorsque le *h* est aspiré, il peut se rencontrer avec une voyelle. Exemples:

> Je chante *ce héros* qui régna sur la France.
> Du *hasard* de mes pas je serai la victime.
> O toi qui vois *la honte* où je suis descendue.

La présence de l'*e muet* à la fin d'un mot permet aussi de mettre une voyelle après. Exemples:

> Termine, juste ciel, ma *vie et* mon effroi.
> Saisi d'horreur, de *joie et* de ravissement.
> Votre *joie honorable* a gagné mon esprit.

Nasales. — Autrefois la rencontre des voyelles nasales avec d'autres voyelles était regardée comme un hiatus et on critiquait ces vers :

> Ah! j'attendrai longtemps : la *nuit est loin encore.*
> Il s'enfuit bien *loin à* l'écart.

Cette observation était fondée alors parce que le *n* du mot *loin* ne sonnait pas avec la voyelle suivante; mais la manière de prononcer a changé. toutes les nasales se font entendre maintenant sur les voyelles initiales des mots qui viennent après: il n'y a donc plus hiatus et les vers cités ci-dessus sont réguliers.

Observation sur l'y. — On considère aussi comme hiatus la rencontre de l'*y* avec une voyelle ; mais ne serait-il pas plus juste de faire la distinction des deux valeurs de cette lettre ?

Dans *Bailly, Ferney, Gentilly, Scudéry, vas-y,* elle sonne comme l'*i* et est véritablement voyelle, mais dans *il y a, il y eut, il y avait,* etc., elle joue le rôle de consonne ; elle se prononce comme le *l mouillé.*

Il est certain qu'on ne dirait pas :

> Le *bailly est* venu ce matin me trouver ;
> *Vas-y à* l'instant même et dis-lui d'achever ;

mais qui empêcherait de dire :

> Il *y a* dix-huit mois j'étais encore enfant.
> A peine *y avait-*il dix-huit mois d'écoulés,

puisque ces vers se prononcent comme s'ils étaient écrits,

> Il *ille a* dix-huit mois, j'étais encore enfant.
> A peine *ille avait-*il dix-huit mois d'écoulés.

Exceptions. — Quoique les mots *onze* et *oui* commencent par des voyelles, on les considère, en raison de leur prononciation, comme précédés d'un *h* aspiré, et on permet de les placer après une voyelle. Ainsi les vers suivants sont admis :

> *Oui, oui,* je vous suivrai jusqu'au fond des enfers.
> J'en ai *vu onze* ici, frappés mortellement.
> *Va, oui,* mon fils, va vite où le drapeau t'appelle !

Dans les imparfaits des verbes, tels que *aient, soient,*

tremblaient, l'*e* est considéré comme nul, et ces mots peuvent entrer dans le corps des vers.

> Attendons qu'ils *aient* tous vaincu leurs ennemis.
> Qu'ils *soient* de vos écrits les compagnons fidèles.

L'hiatus n'est interdit que dans le corps du vers, ainsi on peut le commencer par une voyelle quoiqu'il y en ait une à la fin du vers précédent. Dans cette circonstance, on évite l'hiatus au moyen du repos final. Exemple :

> Termine, juste ciel, ma vie et mon effroi
> Et lance ici des traits qui n'accablent que moi.

> Mon repos, mon bonheur semblait être affermi,
> Athènes me montra mon superbe ennemi.

> Et même en le voyant le bruit de sa fierté
> A redoublé pour lui ma curiosité.

Il convient toutefois de remarquer que dans les vers de moins de dix syllabes, pour lesquels le repos final n'est pas aussi rigoureusement observé que dans l'hexamètre ou l'alexandrin, le passage d'un vers terminé par une voyelle à un vers commençant par une voyelle forme un véritable hiatus et que si l'usage le tolère, on doit, pour la perfection de la poésie, l'éviter autant que possible.

Dans les exemples :

> Les voilà qui prennent la *fuite*
> *Et* qui se cachent au plus vite.

> Je saurai bien punir après
> Les insolents qui sont tout *près*
> *Et* qui ne veulent pas m'entendre.

La nuit arriva ; le sauvage
Soupa d'un mouton bien *dodu*,
Et se coucha sur le feuillage
Qu'on avait exprès étendu.

La rencontre des voyelles n'a aucun inconvénient : 1° parce que l'*e* de *fuite* s'élide ; 2° parce que le *s* de *près* sonne sur le mot suivant ; 3° parce que *dodu* étant suivi d'une virgule, on fait un repos avant de passer à l'autre vers.

Au contraire dans ceux-ci,

Nos vœux implorent
Une autre grâce : qu'en ce lieu
Il daigne s'arrêter un peu.

Le premier moment d'un soupé
Est donné toujours au silence ;
Puis un discours entrecoupé
Commence, tombe et recommence.

Pour Isaac il demanda
Une compagne jeune et sage.

Les mots *lieu il, soupé est, demanda une,* blesseraient l'oreille si l'on ne faisait un léger silence à la fin des vers ; et quoiqu'il n'y ait pas ici de faute contre les règles de la versification, il importe de s'attacher à ne présenter que très-rarement des constructions semblables.

LICENCES POÉTIQUES. — *Expressions.* — Comme le style poétique doit être recherché, élevé, il admet des expressions qui souvent paraîtraient trop emphatiques dans la prose. Exemples :

Achéron	pour	enfer
Amphitrite	—	la mer
antique	—	ancien
Apollon * (1)	—	la poésie
Aquilon *	—	vent
Bacchus *	—	vin
Borée *	—	vent
chant	—	chapitre
chant	—	récit
chants	—	poèmes
chanter	—	raconter
climat	—	pays
Cocyte *	—	enfer
courroux	—	colère
coursier	—	cheval
Créateur	—	Dieu
Eole *	—	le vent
épouse	—	femme
époux	—	mari
espoir	—	espérance
Eternel	—	Dieu
Etre suprême	—	Dieu
entrailles	—	ventre
flanc	—	corps
forfait	—	crime
glaive	—	épée
haleine	—	vent
Hélicon *	—	poésie
humain	—	hommes
hymen	—	mariage
hyménée	—	mariage
jadis	—	autrefois

(1) Tous les mots suivis de cet astérisque ne sont plus guère admis dans notre poésie : ces expressions ont vieilli, et il convient d'en être sobre.

labeur	pour travail	
luth	— plume du poëte	
lyre	— style ou plume	
mortel	— homme	
Muse	— style poétique, ou imagination,	
naguère	— récemment	[inspiration]
Olympe	— ciel	
onde	— eau	
penser	— pensée	
Parnasse	— la poésie	
Phébus	— la poésie	
Pégase *	— la versification	
peinture	— description	
pinceau	— plume	
plaine liquide	— mer	
séjour	— pays	
sombres bords	— enfer	
soudain	— aussitôt	
souvenance	— souvenir	
souvenir	— mémoire	
Tartare	— enfer	
Ténare	— enfer	
Tout-Puissant	— Dieu	
Très-Haut	— Dieu	
voix	— parole	
volupté	— plaisir	
Zéphyr *	— vent	

Par la même raison on doit éviter l'emploi de locutions qui rendraient les vers prosaïques, telles que les suivantes.

c'est pourquoi	outre que
d'ailleurs	parce que
d'autant que	pourvu que
de sorte que	puisque
en effet	

Benserade a dit : Est-il pas naturel ? pour : N'est-il pas naturel ? On trouve aussi dans Racine : Sais-je pas que Taxile ; pour : Ne sais-je pas que Taxile.

Ces licences ne sont pas non plus admises ; on ne permet pas non plus de mettre comme autrefois, alors que, pour lorsque ; devant que, pour avant que.

Orthographe. — Les anciens poètes avaient introduit, dans l'orthographe de quelques mots, des modifications qui avaient pour objet de faciliter la versification, en augmentant le nombre des syllabes ou en permettant de faire rimer des expressions qui, sans cela, n'auraient pu aller ensemble sans blesser les règles.

Plusieurs de ces licences étaient contraires au bon goût et à la pureté de la langue, aussi ont-elles été abandonnées par les poètes modernes.

Celles qui n'ont rien de blessant pour l'oreille sont encore permises ; mais on doit en être sobre.

Licences permises. — Dans les vers, on écrit à volonté *encore* ou *encor*, *naguère* ou *naguères*, *grâce* ou *grâces*, *guère* ou *guères* ; il en est de même pour les noms propres, tels que *Athènes, Charles, Démosthènes, Londres*, dont on supprime ou conserve le *s* final.

Dans le corps d'un mot, l'*e muet* précédé d'une voyelle n'a aucune valeur pour la mesure et ne doit pas être prononcé. On se dispense de l'écrire et on le remplace par un accent circonflexe. Au lieu de *j'avouerai, dévouement, enjouement, je prierai*, etc. On met donc *j'avoûrai, dévoûment, enjoûment, je prîrai*. Exemple :

Il ne déploîra plus ses ailes d'épervier.

Licences qui ne sont plus permises. — Autrefois on écrivait *avec* ou *avecque*, *dans* ou *dedans*, *donc* ou *doncque* ou *doncques*, et on était libre de conserver ou de supprimer le *s muet* de la première personne des verbes, comme *j'aperçois*, *j'avertis*, *je crois*, *je dis*, *je dois*, *je frémis*, *je reçois*, *je revois*, *je sais*, *je vois*, pour lesquels on ne mettait que *j'aperçoi*, *j'averti*, *je croi*, *je di*, *je doi*, *je frémi*, *je reçoi*, *je revoi*, *je sai*, *je voi*, quand on y était obligé pour la rime. Exemples :

Ce discours te surprend, docteur, je l'aperçoi
L'homme, de la nature, est le chef et le roi.

Visir, songez à vous, je vous en averti,
Et, sans compter sur moi, prenez votre parti.

En les blâmant enfin, j'ai dit ce que j'en croi,
Et tel qui me reprend en pense autant que moi.

Un brouillon, une bête, un brusque, un étourdi,
Que sais-je ? un.., cent fois plus encor que je ne di.

Sans parent, sans amis, sans espoir que sur moi,
Je puis perdre son fils, peut-être je le doi.

    Ah ! bons Dieux, je frémi,
Pandolphe qui revient ! fut-il bien endormi !

Je ne puis t'exprimer l'aise que j'en reçoi,
Et que ne diriez-vous, Monsieur, si c'était moi.

Ne nous associons qu'avecque nos égaux.

A me faire enterrer avecque plus de pompe.

Pour fuir les objets qui dedans ma mémoire...

Mes yeux sont éblouis du jour que je revoi,
Et mes genoux tremblants se dérobent sous moi.

Monsieur, ce galant homme a le cerveau blessé.
Ne le savez-vous pas?

     Je sais ce que je sai.
Vous ne répondez point? Perfide, je le voi,
Tu comptes les moments que tu perds avec moi.

Le *d* de *pied*, *bled*, le *f* de *clef*, le *r* de *souper* se supprimaient aussi lorsque la rime l'exigeait.

> Le premier moment d'un soupé
> Est donné toujours au silence ;
> Puis un discours entrecoupé
> Commence, tombe et recommence.

> Plus que jamais, confus et humilié,
> Devers Paris je m'en revins à pié.

Sachez que de céans j'en rabats de moitié
Et qu'il fera beau temps quand j'y mettrai le pié.

On trouve d'autres licences tout à fait arbitraires, comme dans les vers suivants pour les mots *chèvre-feuille*, *Shakespeare* et *remords* :

> Je vis le jardinier de ta maison d'Auteuil,
> Qui, chez toi, pour rimer, planta le chèvrefeuil.

Et dans mes noirs cartons ne plus laisser croupir
Un vieux drame inspiré par Sophocle et Shakespear.

> Hélas! partout où tu repasses,
> C'est le deuil, le vide ou la mort,
> Et rien n'a germé sur nos traces
> Que la douleur ou le remord.

Enfin le participe passé qui reste invariable dans des circonstances où il devrait s'accorder. Corneille a écrit *enduré* pour *endurées* qui n'aurait pu entrer dans le vers.

     .... les misères
Que durant notre enfance ont enduré nos pères.

Voltaire justifie cette licence en disant que s'il n'était pas permis à un poète de se servir en pareil cas du participe absolu, il faudrait renoncer à faire des vers. Quoi qu'il en soit, les exemples en sont excessivement rares et il est bon de ne pas les imiter.

Réticence. — Les réticences ont pour objet de laisser deviner au lecteur des mots supprimés, ou de faire attendre la suite d'une pensée qu'on a l'air de chercher. Elles appartiennent à la prose aussi bien qu'aux vers, et donnent de la force à l'expression ; mais cette figure a bien plus de puissance dans la poésie où elle s'accroît de l'effet que produit la suspension subite du rhythme des vers. On l'indique par plusieurs points appelés points suspensifs.

    Et ce même Sénèque et ce même Brutus
    Qui depuis ... Rome alors estimait leurs vertus.

Prenez garde, seigneur, vos invincibles mains
Ont de monstres sans nombre affranchi les humains :
Mais tout n'est pas détruit et vous en laissez vivre
Un.... votre fils, seigneur, me défend de poursuivre :
Instruite du respect qu'il veut vous conserver,
Je l'affligerais trop si j'osais achever.

On sent toute la force de ce monosyllabe **un** qui, après avoir enjambé sur le vers précédent, s'arrête là, tout à coup. Cet enjambement dénote l'impatience de s'expliquer, et la suspension annonce une réflexion subite, qui arrête la voix.

Nous avons respiré cet air d'un autre monde,
Elise!.... et cependant on dit qu'il faut mourir!

Sans doute par mes pleurs se laissant désarmer,
Il dirait à Sapho : vis encor pour aimer!

Transpositions. — Les règles de la syntaxe doivent être observées aussi rigoureusement dans les vers que dans la prose ; elles sont les mêmes pour chaque manière d'écrire ; mais la poésie admet, quant à l'ordre des mots, des arrangements qui ne sont pas toujours ordinaires à la prose, on leur donne le nom de transpositions ou d'inversions, parce qu'en effet il y a déplacement des parties du discours. C'est ce qu'en rhétorique on appelle hyperbate.

Les transpositions facilitent la versification, mais ce n'est pas le seul avantage qu'on en tire ; elles enrichissent la diction, contribuent à l'harmonie, et favorisent l'imagination du poète en lui permettant d'approprier son style au sujet qu'il traite.

Par le moyen des transpositions, l'expression est susceptible de plus de douceur, de plus de majesté, de plus d'énergie ; mais elles exigent du goût et ne doivent jamais nuire à la clarté.

On peut les classer de la manière suivante :

1° L'adjectif placé devant le substantif dans des cas où il se met ordinairement après.

Fuyant les bords qui l'ont vu naître,
De Laban l'antique berger
Un jour devant lui vit paraître
Un mystérieux étranger :
Dans l'ombre, ses larges prunelles
Lançaient de pâles étincelles.

Dans cet exemple, l'ordre naturel serait : *le berger antique, un étranger mystérieux, ses prunelles larges, des étincelles pâles*; mais la construction poétique a beaucoup plus de force et d'élégance. De même dans ce vers :

> Il lui fait dans le flanc une large blessure,

l'expression est bien plus énergique que si Racine avait dit : *Il lui fait une blessure large dans le flanc*, parce que celui qui entend réciter cette dernière phrase n'a d'abord l'idée que d'une *blessure*, sans savoir quelle étendue elle peut avoir, tandis que le mot *large*, en frappant l'esprit le premier, lui fait concevoir une idée plus terrible de la *blessure*.

2° Le verbe mis avant son sujet :

> Ainsi parle Calchas. Tout le camp immobile,
> L'écoute avec frayeur et regarde Eriphile,

Pour Calchas *parle ainsi.*

> Ce traitement, Madame, a droit de vous surprendre,
> Mais enfin c'est ainsi que se venge Alexandre.

Au lieu de : *c'est ainsi qu'Alexandre se venge.*

3° L'adverbe avant le verbe. '

> Le Dieu qui maintenant vous parle par ma voix.
> Ainsi parle Calchas.

> Dans l'espace aussitôt ils s'élancent... et l'homme
> Ainsi qu'un nouveau-né, les salue, et les nomme.

> La plupart emportés d'une fougue insensée
> Toujours loin du droit sens vont chercher leur pensée.

L'ordre naturel serait :

Le Dieu qui vous parle maintenant par ma voix.
         Calchas parle ainsi.
Ils s'élancent aussitôt dans l'espace... et l'homme
Les salue et les nomme ainsi qu'un nouveau-né,
Vont toujours chercher, etc.

Il convient de remarquer, en passant, que l'hémistiche, *ainsi qu'un nouveau-né*, présente une équivoque ; on ne sait si l'homme salue comme un nouveau-né saluerait, ou si l'homme salue comme il
saluerait un nouveau-né.

4° Le régime indirect avant le verbe :

O dieux, dans leur saison, j'oubliai d'en jouir.
Des mains d'Agamemnon venez la recevoir.
Quand le ciel par nos mains à le punir s'apprête.
Jamais de la nature il ne faut s'écarter.

Au lieu de :

O dieux ! j'oubliai d'en jouir dans leur saison.
Venez la recevoir des mains d'Agamemnon.
Quand le ciel s'apprête à le punir par nos mains.
Jamais il ne faut s'écarter de la nature.

5° Le complément d'un régime placé avant ce régime lui-même :

..... La Discorde
Avait sur tous les yeux mis son bandeau fatal
Et donné du combat le funeste signal.

Déjà pour la saisir Calchas lève le bras.
Il faut voir du logis sortir ce couple illustre.

Pour :

La Discorde avait mis son bandeau fatal sur tous les yeux
et donné le funeste signal du combat.

Déjà Calchas lève le bras pour la saisir.

Il faut voir sortir ce couple illustre du logis.

6° Avant le verbe, des mots qui font partie de son complément.

Aux chastes voluptés abandonnons nos cœurs.

Et sur le vert tissu de la ronce et du lierre
On distingue un sceptre brisé!

Personne ici ne peut venir.
De tous les rois il voit les confesseurs.

En supprimant l'inversion, on trouve :

Abandonnons nos cœurs aux chastes voluptés.

Et on distingue un sceptre brisé sur le vert tissu de la
ronce et du lierre.

Personne ne peut venir ici.

Il voit les confesseurs de tous les rois.

7° Des mots placés entre le verbe et le participe, comme

Il fut de la maison chassé comme un corsaire.
J'ai d'un malheur affreux entendu le récit.

Au lieu de :

Il fut chassé de la maison comme un corsaire.
J'ai entendu le récit d'un malheur affreux.

8° Le régime direct, qui se met généralement après le verbe, peut quelquefois être placé avant; mais on ne doit le faire que très-rarement, parce que cette construction nuit presque toujours à la clarté, en ce qu'elle est contraire au génie de la langue française. Les vers suivants peuvent être tolérés, quoique le régime direct y soit transposé :

Le sort vous y voulut l'une et l'autre amener.
Non, je ne lui saurais ma parole tenir.
Le paradis ils ont vu dans leur vie.
Qu'un mari sa foi trahisse.

Pour :

Le sort voulut vous y amener l'une et l'autre.
Non, je ne saurais lui tenir ma parole.
Ils ont vu le paradis dans leur vie.
Qu'un mari trahisse sa foi.

Voici quelques exemples de transpositions vicieuses :

Quoi ! voit-on revêtu de l'étole sacrée
Le prêtre de l'autel s'arrêter à l'entrée?

Les mots *de l'autel* ainsi placés rendent la phrase obscure; ils ont l'air de qualifier le prêtre, tandis qu'ils se rapportent *à l'entrée*.

Si de cette maison *approcher* l'on vous voit.

Le mot *approcher* est mal placé en inversion, parce qu'il est le régime direct de *voit*.

Qui son plus grand honneur de tes palmes attend.

Son plus grand honneur est encore un complément direct et ne saurait être placé avant le verbe.

Disposition des vers. — Aucune règle positive n'oblige les poètes à se servir, dans leurs compositions, d'une espèce de vers plutôt que d'une autre ; les auteurs suivent, à cet égard, leur goût particulier.

Il faut néanmoins que la mesure dont on fait usage convienne au sujet. Ainsi un poème épique, une tragédie et toute pièce de haute poésie ne saurait être traitée qu'en vers de douze syllabes. On se sert aussi généralement de cette mesure pour les églogues, les épîtres, les satires.

Les vers de cinq pieds conviennent très-bien aux poèmes badins, burlesques ou érotiques, tels que le *Lutrin vivant* et *Vert-Vert* de Gresset, le *Pauvre Diable* de Voltaire, l'*Epître à Claudine*, *Phrosine et Mélidore* de Bernard, etc.

On emploie le plus souvent les vers de huit, de sept et de six syllabes dans les chansons, les hymnes, les odes, les romances, les vaudevilles, etc.

Les mesures de cinq, de quatre, de trois, de deux et d'une syllabe ne servent guère que pour des morceaux de peu d'étendue. Bernard a fait de jolies compositions en vers de quatre et de cinq syllabes.

Stances. — Certaines pièces sont divisées en périodes régulières de deux, de trois, de quatre vers, etc., jusqu'à quinze ou seize au plus. Ces périodes s'appellent stances, en général.

Quelques-unes ont, en outre, reçu des désignations particulières. Ainsi, on nomme :

Distiques, les stances de deux vers ;
Tercets, celles de trois ;
Quatrains, celles qui en ont quatre ;
Sixains, celles de six ;
Dizains, celles de dix ;
Couplets, celles qui se chantent ;
Strophes, celles des odes.

Lorsque, dans un poème, les vers sont de différentes mesures, sans aucun ordre symétrique, on les appelle *vers libres* ; c'est ainsi que sont écrites la plupart des fables de La Fontaine.

On dit que les stances sont régulières, quand elles présentent toutes, dans un poème, la même disposition de rimes, de vers et de repos.

Il y a aussi des *stances irrégulières*, c'est-à-dire dans lesquelles la mesure et le nombre des vers varient de l'une à l'autre.

Le distique n'a nécessairement qu'une rime.

Le tercet peut être formé de trois vers rimant ensemble, ou de deux vers sur une rime et un troisième rimant avec un vers du tercet suivant.

Le quatrain a deux rimes plates ou croisées.

La stance de cinq vers se compose de deux vers sur une rime et de trois vers sur une autre.

La stance de six vers contient trois rimes.

En général, les stances de nombre pair ont deux

vers sur chaque rime et celles de nombre impair ont des rimes de deux vers et une de trois.

Distique.

Eve était innocente, elle était toute nue ;
L'innocence chez nous est presque revenue.

Tercets.

Quel bonheur ! quelle victoire !
Quel triomphe ! quelle gloire !
Les amours sont désarmés.

Jeunes cœurs, rompez vos chaînes.
Cessons de craindre les peines,
Dont nous étions alarmés.

Quatrains.

Le mélange des vers et des rimes dans les stances est loin d'être indifférent : Rousseau, Voltaire et Lamartine sont les poètes qui ont le mieux réussi dans l'ode, ils ont surtout le mérite d'avoir su approprier le rhythme des strophes aux sujets.

Trois alexandrins, suivis d'un vers de quatre pieds, forment un quatrain harmonieux.

Trop heureux qui du champ par ses pères laissé,
Peut parcourir au loin ses limites antiques,
Sans redouter les cris de l'orphelin chassé
Du sein de ses dieux domestiques.

Deux alexandrins, mêlés avec deux trimètres, composent une strophe très-gracieuse.

5.

La mort a des rigueurs à nulle autre pareilles,
　　On a beau la prier,
La cruelle qu'elle est se bouche les oreilles
　　Et nous laisse crier.

Un vers de six syllabes vient aussi très-bien après trois de douze.

Les troupeaux rassurés broutent l'herbe sauvage,
Le laboureur content cultive ses guérêts :
Le voyageur est libre et sans peur du pillage
　　Traverse les forêts.

On fait d'ailleurs des quatrains en vers de mesure semblable. Exemples :

Plein de beautés et de défauts,
Le vieil Homère a mon estime ;
Il est, comme tous ses héros,
Babillard outré, mais sublime.

Stances de cinq vers.

Cruel auteur des troubles de mon âme,
Que la pitié retarde un peu tes pas.
Tourne un moment tés yeux sur ces climats !
Et si ce n'est pour partager ma flamme,
Reviens du moins pour hâter mon trépas.

Stances de six vers.

De sa grâce extrême
Minerve elle-même
Reconnaît le prix :
Et par sa surprise
Junon autorise
Le choix de Pâris.

Sur un écueil battu par la vague plaintive,
Le nautonier de loin voit blanchir sur la rive
Un tombeau près du bord par les flots déposé;
Le temps n'a pas encor bruni l'étroite pierre,
Et sous le vert tissu de la ronce et du lierre
　　On distingue... un sceptre brisé!

Le mélange des vers, dans les stances, est susceptible d'une foule de combinaisons.

Stance de sept vers.

Prends part à la juste louange
De ce Dieu si cher aux guerriers,
Qui, couvert de mille lauriers
Moissonnés jusqu'aux bords du Gange,
A trouvé mille fois plus grand
D'être le Dieu de la vendange
Que de n'être qu'un conquérant.

Stance de huit vers.

La différence est bien visible;
Car la Sorbonne ose assurer
Que le Saint-Père peut errer,
Chose, à mon sens, assez possible;
Mais pour moi, quand je vous entends
D'un ton si doux et si plausible
Débiter vos discours brillants,
Je vous croirais presque infaillible.

Stance de neuf vers.

Quels organes, quels ministres
Dignes d'obtenir son choix,
Pourraient en ces temps sinistres
Nous faire entendre sa voix?
Serait-ce ces doctes mages,

Des peuples de tous les âges
Réformateurs consacrés,
Bien moins pour les rendre sages
Que pour en être honorés ?

Stance de dix vers.

A la source d'Hippocrène
Homère, ouvrant ses rameaux,
S'élève comme un vieux chêne
Entre les jeunes ormeaux.
Les savantes immortelles
Tous les jours de fleurs nouvelles
Ont soin de parer son front ;
Et par leur commun suffrage
Avec elles il partage
Le sceptre du double mont.

On voit que cette strophe se compose en quelque sorte d'une stance de quatre vers et d'une autre de six.

Les stances de onze vers peuvent être formées d'une de six et d'une de cinq, ou d'une de quatre et d'une de sept ; celles de douze en contiennent deux de six, trois de quatre ou une de sept et une de cinq, et ainsi de suite, car il est de règle que, dans toutes les stances d'une pièce de vers, les repos soient disposés de la même manière.

Vers libres. — On donne le nom de vers libres à ceux qui se suivent sans uniformité de mesure, quelle que soit d'ailleurs la disposition des rimes. On les emploie le plus souvent pour les fables, les contes en vers, et les pièces de peu d'importance. Le récitatif dans les opéras, et les cantates sont aussi en vers libres. Exemples :

Un omnibus à deux étages
Circulait sur le boulevard,
Et comme il était déjà tard
Deux piétons crurent être sages
En le prenant. L'un dit, je monte en haut,
En effet il grimpe et d'un saut
Il se met sur l'impériale.
L'autre répond, et moi je monte en bas,
Par ce moyen je ne tomberai pas,
Et dans l'intérieur il s'installe.

Monter en bas ! monter en haut !
Je voudrais bien savoir lequel est le plus sot !

De l'harmonie. — Il ne suffit pas pour que des vers soient bons qu'ils aient la mesure, la rime, la césure: il en est de la poésie comme d'un tableau; si le peintre mettait sur une même toile des arbres, des fruits, des guerriers, des animaux, sans aucun ordre; s'il habillait ses personnages de rouge, de jaune, de noir, sans examiner l'effet de ses couleurs; s'il donnait sans raison un visage triste à celui-ci, une figure réjouie à celui-là, un air furieux à cet autre; il ferait un méchant ouvrage. La peinture exige donc le génie des combinaisons et le goût des convenances; il en est de même de la poésie, il faut de l'à-propos dans les pensées, du goût dans l'arrangement des sons, du discernement dans le choix des expressions. Celui qui ne donnerait pas à son style du pathétique dans la tragédie, de l'héroïsme dans l'épopée, de la délicatesse et du sentiment dans l'élégie, du sarcasme dans la satire; qui ne s'attacherait pas à la convenance des images, à la pureté et à l'harmonie des sons, ne ferait que des ouvrages détestables.

Fausses rimes. — Autant la rime plaît à la fin des vers, autant elle choque l'oreille lorsqu'elle occupe une autre place : on doit donc éviter des constructions comme les suivantes :

Aux Saumaises *futurs* préparer des tortures.

Ses écrits pleins de *feu* partout brillent aux *yeux*.

J'eus un frère, seigneur, illustre et généreux,
Digne par sa va*leur* du sort le plus heureux.

Du des*tin* des *Latins* prononcer les oracles.

Raconte à ses neveux le bonheur de leurs *pères ;*
Et ce nom dont la *terre* aime à s'entretenir.....

    Là son autel, d'une lampe éclair*é,*
    Etait orn*é* de grossières images.

Ou d'un plomb qui fuit l'œil et part avec l'é*clair*
Je vais *faire* la guerre aux habitants de l'*air.*

De leurs globes *brûlants* écrasent une armée
Quand des guerriers *mourants* les sillons sont couverts.

Mauvaises consonnances. — Sans harmonie, point de musique, sans harmonie, point de vers. Qu'un artiste maladroit, dans le morceau le plus parfait, fasse une seule note fausse ; non-seulement il prive ses auditeurs de tout le plaisir qu'une bonne exécution devait leur donner, mais il les impressionne d'une manière désagréable ; il choque, il déchire les oreilles. Les syllabes, dans les vers, doivent se succéder avec harmonie, comme les notes dans la musique. Il faut que le poète ait de la délicatesse dans les organes, et du goût dans les sensations.

Quelques exemples montreront les écueils qu'on doit éviter.

Qu'entends-je! que dit-il! quelque coupable, hélas!
Qu'il puisse devenir, je ne me plaindrai pas.

Ne croirait-on pas entendre le caquet d'une pie en écoutant ces *qu'en que quelque cou*, et est-il rien de moins sonore que tous les *e muets* de *puisse devenir je ne me*? On trouve le même défaut dans les vers suivants :

.... Retenez bien
Que qui sait mal, vous en êtes la marque,
Est ignorant plus que qui ne sait rien.

Moi *qu'on* sait *qui* le sers.

Son oncle Othon alors, sortant de son donjon,
Le voyait se sauver avec son échanson.

Toutes ces syllabes en *on* forment une musique fort peu agréable.

Dans les vers suivants,

Par un don de César je suis roi d'*Arménie*,
Parce qu'il croit *par moi* détruire l'Ibérie.

Le son *oi* répété trois fois, les deux derniers surtout, séparés par une seule syllabe, et *ar* qui revient cinq fois, tout cela est très-mauvais. *Parce qu'il* est d'ailleurs prosaïque.

Pourquoi ce roi du monde, et si libre et si sage,
Subit-il si souvent un si dur esclavage?

Ces vers manquent d'harmonie, à cause des syllabes trop fréquentes *ce, si, si, su, si, sou, si*.

Echue à l'Opéra par un rapt solennel,
Sa honte la dérobe au pouvoir paternel.

Le mot *rapt* et les six *r* qu'on trouve dans ce peu de mots, rendent les vers durs.

> Pour son plaisir d'un soir que tout Paris périsse.

Est-il possible d'entendre la fin de ce vers sans en avoir le tympan déchiré ?

Harmonie imitative. — De même qu'une musique parfaite nous fait entendre tour à tour les éclats retentissants du tonnerre, le gazouillement suave des oiseaux, le bruit strident d'un char roulant sur le pavé, les roucoulements sensuels du tourtereau, de même la bonne poésie imite, par un heureux choix de sons, les impressions, les sentiments, les passions des personnages mis en scène. Cette espèce d'onomatopée contribue puissamment au pathétique, et rend plus sensible l'expression que le poète a voulu donner à ses vers. On l'appelle harmonie imitative.

> Ici meurt dans la rage une famille entière.

Ces mots *meurt, rage*, en appuyant sur les *r*, produisent un effet d'harmonie imitative ; on croit voir les malheureux affamés grincer les dents.

> Des morts épouvantés les ossements poudreux
> Ainsi qu'un pur froment sont préparés par eux.

Le dernier hémistiche : *sont préparés par eux*, est composé de syllabes qui semblent ne se prononcer qu'à regret, avec effort, et peignent l'aversion des assiégés pour la nourriture à laquelle ils sont réduits.

Dans ces vers :

Pour qui sont ces serpents qui sifflent sur vos têtes.
Il faisait sonner sa sonnette.

On croit entendre le sifflement du serpent ou le bruit de la sonnette.

Au milieu des glaçons et des neiges fondues,
Tombe et roule un rocher qui menaçait les nues.

En prononçant ces mots : *tombe et roule un rocher,* ne croit-on pas entendre d'abord le bruit occasionné par la chute d'une lourde masse, et ensuite le roulement produit par les secousses qu'elle éprouve sur les aspérités du rocher, avant d'arriver au fond du ravin.

La Fontaine, en parlant d'un lapin, dit :

Il était allé faire à l'aurore sa cour,
Parmi le thym et la rosée ;
Après qu'il eût brouté, trotté, fait tous ses tours.

Ces mots *brouté, trotté,* peignent très-bien les mouvements rapides et multipliés du lapin.

Des vers qui paraîtraient mauvais si l'intention du poëte ne s'y montrait, sont au contraire pleins de force et d'à-propos quand ils font bien sentir ce qu'ils doivent exprimer.

Le suivant reproduit exactement le bruit et l'action de la lime.

J'entends crier la dent de la lime mordante.
Mais c'est peu dans les vers d'éviter la rudesse ;
Il faut que le son même, avec délicatesse,
Fasse entendre au lecteur l'action qu'on décrit,
Et que l'expression soit l'écho de l'esprit.

Que le style soit doux lorsqu'un tendre zéphyr
A travers les forêts s'insinue et soupire ;
Qu'il coule avec lenteur quand de petits ruisseaux
Roulent tranquillement leurs languissantes eaux. *
Mais les vents en fureur, la mer pleine de rage,
Font-ils d'un bruit affreux retentir le rivage,
Le vers, comme un torrent, en grondant doit marcher. *
Qu'Ajax soulève et lance un énorme rocher,
Le vers appesanti tombe avec cette masse. *

Ce morceau est, dans son entier, un modèle de poésie imitative : on y remarque surtout les trois vers marqués d'un astérisque.

Vers prosaïques. — Les vers prosaïques sont froids et sans grâce, on doit s'attacher à les éviter.

Un poème dans lequel il s'en trouve perd tout son mérite ; on ne peut mieux le comparer qu'à un orateur qui, au milieu d'une improvisation chaleureuse, s'arrêterait pour répondre à sa cuisinière sur une question de pot-au-feu.

Les vers sont prosaïques quand ils renferment des mots vulgaires, peu en rapport avec le sujet ; ils le sont encore quand la phrase est traînante.

O vous, murs que les dieux ont *maçonnés* eux-mêmes,
Eux-mêmes *étoffés* de mille diadèmes.

Le début, *O vous murs que les dieux....* et l'expression *mille diadèmes* sont beaux et sonores, mais les mots peu poétiques, *maçonnés* et *étoffés* viennent là s'interposer malheureusement.

...... Je vis un clair ruisseau,
Je m'approchai pour boire de son eau :
Quand j'en eus bus, je m'étendis à l'ombre.

Pour *boire de son eau* est prosaïque, ainsi que le vers suivant.

Vers blancs ou sans rimes.—Le caractère de la langue française est la simplicité et la précision; par elle-même elle est euphonique mais non cadencée; elle ne le devient que par le talent de l'écrivain et c'est en vers surtout qu'elle a besoin de la mesure et principalement de la rime pour être expressive.

On peut en juger par l'exemple suivant:

> Mais qui fait fuir ainsi ces ligueurs dispersés?
> Quel héros, ou quel dieu les a tous renversés?
> C'est le jeune Biron, c'est lui dont le courage
> Parmi leurs bataillons s'était fait un passage.
> D'Aumale les voit fuir et bouillant de courroux:
> Arrêtez, revenez.... lâches, où courez-vous?
> Vous, fuir! vous compagnons de Mayenne et de Guise!
> Vous, qui devez venger Paris, Rome et l'Eglise!
> Suivez-moi, rappelez votre antique vertu;
> Combattez sous d'Aumale, et vous avez vaincu.

> Mais qui fait fuir ainsi ces ligueurs en déroute?
> Quel héros ou quel dieu les a tous renversés?
> C'est le jeune Biron; c'est lui dont la valeur
> Parmi leurs bataillons s'était fait un passage.
> D'Aumale les voit fuir et bouillant de colère:
> Arrêtez, revenez.... lâches où courez-vous?
> Vous, fuir! vous compagnons de Mayenne et de Guise!
> Vous, qui devez venger Paris, l'Eglise et Rome!
> Suivez-moi, rappelez votre antique vertu;
> Combattez sous d'Aumale et vous êtes vainqueurs.

Ces derniers vers, dans lesquels il n'y a pas de rime, sont tout aussi beaux que les autres; pris un à un, ils ont la même force, la même harmonie; mais qu'on lise le passage dans son entier, d'abord avec la rime, puis sans rime, et on ne pourra s'empêcher de convenir que la première disposition l'emporte de beaucoup sur la seconde. C'est qu'en effet, outre l'agrément répandu dans la poésie par le retour des mêmes sons ; cette espèce d'écho fait ressortir davantage la cadence des vers, aussi bien que le mélange plus ou moins heureux des syllabes dont ils sont formés.

Les auteurs qui, comme Lamotte et quelques autres, ont prétendu que la poésie française pouvait se passer de la rime, n'ont pu faire prévaloir leur opinion, et nous devons nous en féliciter, car c'en était fait de notre poésie si leurs idées avaient eu plus de succès.

Harmonie des périodes. — Il faut pour que le style plaise, que la période soit tantôt longue, tantôt courte; le lecteur se lasserait bien vite si les phrases se terminaient uniformément à la fin de chaque vers. Le poète doit donc s'attacher à répandre de la variété dans sa diction en renfermant le sens tantôt dans un hémistiche, tantôt dans un vers, tantôt dans plusieurs vers, et à porter la chute de ses périodes alternativement, mais sans affectation, dans l'intérieur ou à la fin des vers.

Où *suis-je?* de Baal ne vois-je pas le *prêtre?*
Quoi! fille de David, vous parlez à ce *traître?*
Vous souffrez qu'il vous parle et vous ne craignez pas
Que du fond de l'abîme, entrouvert sous ses pas,
Il ne sorte à l'instant des feux qui vous *embrasent,*
Ou qu'en tombant sur lui ces murs ne vous *écrasent?*
Que *veut-il?* De quel front cet ennemi de Dieu
Vient-il infecter l'air qu'on respire en ce *lieu?*

On reconnaît dans cet exemple l'effet agréable que produit la coupe variée des phrases: le suivant fait voir combien le repos uniforme à la fin de chaque vers rend la poésie monotone et plate.

Dût le ciel irrité lancer sur moi sa foudre;
A vous abandonner rien ne peut me résoudre.
Je veux vous enlever de ces funestes lieux.
A mille affreux périls je ferme ici les yeux.
Faudra-t-il donc sur moi voir s'armer ma princesse?
J'attendrai qu'Artaban me tienne sa promesse.
Je sais ce qu'il a fait et ce qu'il a promis.
Nul soupçon de sa foi ne peut m'être permis.

Des diverses sortes de poèmes. — Tout ouvrage en vers prend le nom de poème et se distingue, d'après la nature du sujet qui y est traité, en poème badin, bucolique, burlesque, comique, didactique, dramatique, épique, héroïque, héroï-comique, historique, lyrique ou philosophique, et on dit de la même manière, poésie chrétienne, didactique, dramatique, élégiaque, épique, érotique, héroïque, lyrique, morale, pastorale, profane, sacrée, satirique, etc.

Indépendamment de ces qualifications, les pièces de poésie ont reçu des dénominations particulières qui se rapportent au sujet lui-même, et indiquent la forme et l'étendue de l'ouvrage.

DÉNOMINATIONS.

ACROSTICHE. — Pièce de poésie dont chaque vers commence par une lettre du nom de la personne ou de la chose qui en fait le sujet.

En voyant votre taille et vos traits ravissants
Le plus froid des mortels deviendrait plein d'audace ;
En écoutant le son de vos divins accents
On croit d'un ange entendre une action de grâce.
Nul ne peut, près de vous, rester indifférent,
On se sent tour à tour respectueux, aimant :
Rare assemblage enfin de beauté, de sagesse,
En vous on voit Vénus et l'on trouve Lucrèce.

AMPHIGOURI. — Petite parodie dans laquelle on tourne en ridicule une pièce dont on reproduit les rimes et les expressions, en les mettant dans un ordre burlesque, et quelquefois dépourvu de sens. Exemple :

Air du menuet d'*Exaudet*.

Pour un sou,
Par un trou,
Dans l'Averne,
A cheval sur son bâton,
Callot au noir Pluton
Faisait voir sa lanterne.

Mahomet
Qui fumait
D'un air garbe,
A ce spectacle plaisant
Etouffe en se faisant
La barbe.

Trop plein du vin qu'il se verse,
Caton veut se mettre en perce
Dans son lit
Qu'il salit,
Il meurt vite ;
Et César sur son tombeau
Fait jeter un seau d'eau
Bénite.

Don Martin
Sur Catin
Monte en croupe
Et rit d'un air papelard
En voyant Abélard
Plaindre un chat que l'on coupe.

Rabelais
Parle anglais
Au maroufle
Courant au nez de Callot
Péter sur son fallot
Qu'il souffle.

ANAGRAMME. — Petite pièce qui tient de l'énigme et du logogriphe. Elle se compose sur un mot qu'on laisse deviner, et en formant d'autres mots avec les mêmes lettres. Exemple :

Quatre lettres forment mon tout,
Et je sais flatter votre goût :
Je suis d'une douceur extrême
Et c'est pour cela que l'on m'aime.
Mais si l'on vient me déranger,
Avec mes dents que je vous montre,
Vous me voyez prête à ronger
Tout ce qui vient à ma rencontre.

(*Le mot est à la fin des diverses sortes de poèmes.*)

APOLOGUE OU FABLE. — Petit récit qui couvre, du voile de l'allégorie, une vérité morale et instructive.

Le style de l'apologue doit être simple et concis: la pensée est ingénue, quelquefois satirique. Exemple :

Les voleurs et l'âne.

Pour un âne enlevé deux voleurs se battaient :
L'un voulait le garder, l'autre voulait le vendre.

Tandis que coups de poings trottaient,
Et que nos champions songeaient à se défendre,
Arrive un troisième larron
Qui saisit maître Aliboron.

L'âne quelquefois est une pauvre province :
Les voleurs sont tel et tel prince
Comme le Transylvain, le Turc et le Hongrois.
Au lieu de deux, j'en ai rencontré trois ;
Il est assez de cette marchandise.
De nul d'eux n'est souvent la province conquise :
Un quart voleur survient qui les accorde net
En se saisissant du baudet.

APOSTILLE. — Ancien petit poème qu'on envoyait à la personne qui en faisait le sujet. La suivante a été adressée par Sarrasin à M. Conrart.

Si tu te plais à ces vers-ci
Que pour te plaire je t'envoie,
Crois que j'en aurai de la joie ;
Mais s'ils ne te plaisent aussi,
Fais d'eux, sans aucune merci,
Ce que les Grecs firent de Troie.

ARIETTE. — Morceau de chant vif ou tendre qui, dans les opéras, est placé entre le récitatif.

AUBADE. — Chansons galantes des anciens troubadours, destinées à être chantées à l'aube du jour.

BALLADE. — Ancienne poésie composée de trois couplets ayant 8, 10 ou 12 vers, tous égaux, et d'un envoi qui n'a que moitié des vers du couplet. Les rimes sont les mêmes dans tous les couplets et dans l'envoi ; de plus les couplets et l'envoi doivent se terminer par le même vers. Les anciens poètes ont aussi

fait des ballades doubles ; c'est-à-dire à 6 stances ; il y
en a même de 8, avec ou sans envoi. La ballade contient ordinairement quelque récit historique.

La Ballade asservie à ses vieilles maximes,
Souvent doit tout son lustre au caprice des rimes.

Boileau.

Ballade de Marigny.

Si l'amour est un doux servage :
Si l'on ne peut trop estimer
Les plaisirs où l'amour engage,
Qu'on est sot de ne pas aimer !
Mais si l'on se sent enflammer
D'un feu dont l'ardeur est extrême,
Et qu'on n'ose pas l'exprimer,
Qu'on est sot alors que l'on aime !

Si dans la fleur de son bel âge,
Fille qui pourrait tout charmer
Vous donne son cœur en partage,
Qu'on est sot de ne pas aimer !
Mais s'il faut toujours s'alarmer,
Craindre, rougir, devenir blême
Aussitôt qu'on s'entend nommer,
Qu'on est sot alors que l'on aime !

Pour complaire au plus beau visage
Qu'amour puisse jamais former,
S'il ne faut qu'un bien doux langage,
Qu'on est sot de ne pas aimer !
Mais quand on se voit consumer,
Si la belle est toujours de même
Sans que rien la puisse enflammer,
Qu'on est sot alors que l'on aime !

6

ENVOI.

En amour si rien n'est amer,
Qu'on est sot de ne pas aimer !
Si tout l'est au degré suprême,
Qu'on est sot alors que l'on aime !

On trouve dans cette ballade la naïveté qui était le caractère dominant de nos anciennes poésies. Il faut remarquer que les mots *amer* et *aimer* ne riment pas bien, attendu que le *r* sonne dans le premier, tandis qu'il est muet dans le second.

BARCAROLLE. — Chanson de barque, de batelier.

BLASON. Ancienne poésie consistant en un éloge, une louange ou un blâme de quelque personne. C'était ce qu'on appelle maintenant madrigal ou épigramme. On a aussi désigné sous le nom de *blason funéral* ce qui aujourd'hui porte le nom d'épitaphe.

BOUQUET. — Petite pièce de poésie gracieuse et galante adressée à quelqu'un le jour de sa fête. En voici un qui a été fait pour une demoiselle qui était recherchée en mariage.

Pour votre fête acceptez ce bouquet,
De mon amour ce n'est qu'un faible gage ;
Mais en voyant sa blancheur qui me plaît,
J'y reconnais une fidèle image
De la douceur et de la pureté,
Des sentiments dont votre âme est remplie
Et qui servant à ma félicité
Embelliront le reste de ma vie.

Oui, ce beau jour est le commencement
D'une existence exempte de tristesse ;

Nos cœurs unis du même sentiment
Se combleront l'un l'autre d'allégresse,
Et ce bonheur, quand nous l'aurons goûté,
Sera toujours pour nous si plein d'ivresse,
Qu'il nous faudra toute l'éternité
Pour épuiser ce foyer de tendresse. .

CANTATE. — Petit poëme originaire d'Italie, il est fait pour être mis en musique et peut passer pour un diminutif d'opéra. Il se compose de vers libres et contient des ariettes. C'est J.-B. Rousseau qui l'a introduit dans notre langue. Sa cantate de Circé passe pour un des chefs-d'œuvre de la poésie française.

CANTATILLE. — Petite cantate.

CANTIQUE. — Chanson en l'honneur de la divinité.

CAVATINE. — Petit morceau de chant qui, comme les ariettes, coupe le récitatif, dans une scène d'opéra.

CHANSON.— Nom générique de toute pièce destinée à être chantée. Ainsi, les termes ariette, cantique, complainte, hymne, romance, ronde, vaudeville, expriment tous des chansons, mais de caractères particuliers.

Les compositions qui conservent la désignation spéciale de *chanson*, prennent encore d'autres dénominations ; on les appelle *chansons bachiques*, lorsqu'elles ont trait à Bacchus ou au vin ; *chansons érotiques*, quand elles se rapportent à l'amour ; *chansons joyeuses*, si elles excitent à la joie ; *chansons de table*, quand elles sont destinées à être chantées pendant les repas.

La chanson se compose d'un nombre variable de couplets ; les vers doivent être simples, naïfs, quelquefois satiriques.

Béranger a, de nos jours, élevé la chanson au plus

haut degré par la pureté de sa versification, par la grandeur des sujets qu'il a traités et par la poésie que son génie a su y répandre : tout le monde connaît ses admirables compositions du *Dieu des bonnes gens*, du *Roi d'Yvetot*, du *Sénateur*, du *Bon Vieillard*, du *Vieux Drapeau*, de *la Déesse*, de *la Vivandière*, etc., etc.

CHANSONNETTE. — Petite chanson faite sur un sujet léger.

CHANT ROYAL. — Poème ancien qui était composé de cinq stances ordinairement de onze vers et d'un envoi de cinq vers. Toutes les stances, ainsi que l'envoi, finissent par le même vers.

Le chant royal ne diffère de la ballade que par le nombre des stances et celui des vers qui entrent dans chacune d'elles.

Clément Marot en a fait un sur la Conception.

CHARADE. — Pièce de vers ordinairement très-courte, composée sur un mot que le lecteur doit deviner. Le mot qui fait le sujet de la charade se désigne par *mon entier* ou *mon tout*, et il est décomposé en parties qu'on appelle *mon premier, mon second, mon troisième, mon dernier* ; si, par exemple, on voulait en faire une sur le mot *charade* lui-même, on aurait pour mon premier *char*, pour mon second *a*, pour mon dernier *de*. Pour celle-ci :

> Dans le mot écurie on trouve mon premier,
> Le garçon d'écurie a deux fois mon dernier,
> C'est l'écurie, enfin, qui loge mon entier.

(*Le mot est à la fin des diverses sortes de poèmes.*)

COMÉDIE. — Pièce dramatique représentant une action

de la vie sociale dans le but d'amuser le spectateur, en même temps qu'on l'instruit par l'exemple des défauts, des travers et des ridicules.

Les comédies ont d'un à cinq actes, composés chacun de 400 vers environ et divisés en scènes de longueur indéterminée. On y joint quelquefois un prologue au commencement, un épilogue à la fin, ou un prologue et un épilogue. L'étendue de ces additions est variable.

On ne peut suivre de meilleurs préceptes, relativement au style et au caractère de la comédie, que ceux donnés par Boileau dans le 3e chant de son *Art poétique*. En voici la substance.

Éviter la froideur en donnant de l'intérêt au discours, en excitant les passions, en parlant au cœur; faire connaître, dès le commencement, le sujet de la pièce, le lieu de la scène, et observer les trois unités; c'est-à-dire que l'action doit être unique, s'accomplir en un jour et dans un seul lieu.

La première condition, l'unité d'action, est rigoureusement indispensable ; mais les deux autres ont excité bien des controverses, surtout dans l'école moderne, où elles ont été souvent violées. Il faut avouer qu'on a fait de charmantes pièces dans lesquelles on ne s'est pas astreint à ces derniers principes, mais on ne peut se dissimuler non plus que celles qui y ont été soumises sont plus parfaites; en effet, elles se rapprochent davantage de la vérité, et la vérité doit toujours être le premier guide dans les compositions théâtrales.

Aussi Boileau recommande-t-il de n'offrir au spectateur jamais rien d'incroyable.

6.

Il faut s'attacher à ne pas exposer sur la scène des objets qui répugneraient à la vue et faire en sorte que l'intérêt aille toujours croissant jusqu'au dénouement qui doit être imprévu.

Enfin il importe que le portrait de chaque personnage soit défini, bien tranché et que tout ce qu'on lui fait dire soit en rapport avec son caractère et avec l'intérêt qui le dirige.

Les comédies sont susceptibles de prendre des caractères différents selon les sujets qui y sont traités ; ainsi il y a la haute comédie, qui peint les mœurs, ou les caractères de la société ; la comédie d'intrigue, dans laquelle les personnages cherchent par l'intrigue à obtenir ce qui les intéresse ; la comédie larmoyante, où on fait entrer le pathétique ; la comédie héroïque, dont l'action se passe entre des personnes de haut rang ; la comédie pastorale, où les acteurs sont des bergers ; la comédie historique, basée sur un trait d'histoire, etc.

Molière est le premier de nos auteurs comiques. Voici une scène de sa comédie intitulée : *les Femmes savantes*, représentée pour la première fois en 1672.

ARMANDE.

Quoi ! le beau nom de fille est un titre, ma sœur,
Dont vous voulez quitter la charmante douceur !
Et de vous marier vous osez faire fête !
Ce vulgaire dessein vous peut monter en tête ?

HENRIETTE.

Oui, ma sœur.

ARMANDE.

Ah ! ce oui, se peut-il supporter ?
Et sans un mal de cœur saurait-on l'écouter ?

HENRIETTE.

Qu'a donc le mariage en soi qui vous oblige,
Ma sœur ?....

ARMANDE.

Ah ! mon Dieu ! fi !

HENRIETTE.

Comment ?

ARMANDE.

Ah ! fi ! vous dis-je.
Ne concevez-vous point ce que, dès qu'on l'entend,
Un tel mot à l'esprit offre de dégoûtant,
De quelle étrange image on est par lui blessée,
Sur quelle sale vue il traîne la pensée ?
N'en frissonnez-vous point ? et pouvez-vous, ma sœur,
Aux suites de ce mot résoudre votre cœur ?

HENRIETTE.

Les suites de ce mot, quand je les envisage,
Me font voir un mari, des enfants, un ménage ;
Et je ne vois rien là, si j'en puis raisonner,
Qui blesse la pensée et fasse frissonner.

ARMANDE.

De tels attachements, ô ciel ! sont pour vous plaire !

HENRIETTE.

Et qu'est-ce qu'à mon âge on a de mieux à faire
Que d'attacher à soi, par le titre d'époux,
Un homme qui vous aime et soit aimé de vous,
Et de cette union de tendresse suivie,
Se faire les douceurs d'une innocente vie ?
Ce nœud bien assorti, n'a-t-il pas ses appas ?

ARMANDE.

Mon Dieu! que votre esprit est d'un étage bas!
Que vous jouez au monde un petit personnage,
De vous claquemurer aux choses du ménage,
Et de n'entrevoir point de plaisirs plus touchants
Qu'une idole d'époux et des marmots d'enfants!
Laissez aux gens grossiers, aux personnes vulgaires,
Les bas amusements de ces sortes d'affaires.
A de plus hauts objets élevez vos désirs.
Songez à prendre un goût des plus nobles plaisirs,
Et traitant de mépris les sens et la matière,
A l'esprit, comme nous, donnez-vous toute entière.
Vous avez notre mère en exemple à vos yeux,
Que du nom de savante on honore en tous lieux,
Tâchez, ainsi que moi, de vous montrer sa fille;
Aspirez aux clartés qui sont dans la famille
Et vous rendez sensible aux charmantes douceurs
Que l'amour de l'étude épanche dans les cœurs.
Loin d'être aux lois d'un homme en esclave asservie,
Mariez-vous, ma sœur, à la philosophie,
Qui nous monte au-dessus de tout le genre humain
Et donne à la raison l'empire souverain,
Soumettant à ses lois la partie animale,
Dont l'appétit grossier aux bêtes nous ravale;
Ce sont là les beaux feux, les doux attachements
Qui doivent de la vie occuper les moments;
Et les soins où je vois tant de femmes sensibles
Me paraissent aux yeux des pauvretés horribles.

COMPLAINTE. — Chanson populaire, qui ordinairement n'est que le récit sur un air triste ou langoureux d'un événement malheureux ou tragique. On donne quelquefois à ces pièces le ton burlesque, comique et satirique.

CONTES EN VERS. — Les contes sont ce qu'étaient les

fabliaux de nos anciens poètes : ils contiennent le récit d'une anecdote. Le style simple de la conversation ou de la narration est celui qui convient au conte.

La Fontaine en a publié qui sont excellents, quant à la poésie, mais la galanterie qui en fait le sujet est un peu trop libre. Voltaire et Grécourt en ont aussi composé.

Coq a l'ane.— Ancien petit poème, dans lequel on passait sans liaison d'un sujet à un autre.

Déploration.— Ancienne poésie plaintive, douloureuse qui, depuis, a pris le nom d'élégie.

Distique. — Poème de deux vers. Le distique doit réunir la concision, la clarté et l'élégance. Il sert ordinairement d'inscription à un monument, ou à un tableau.

Le distique suivant a été fait par *du Lorens*, poète du XVIIe siècle, pour servir d'épitaphe à sa femme, qui, par son caractère acariâtre, lui a inspiré beaucoup de vers contre le mariage :

> Ci-gît ma femme : oh! qu'elle est bien
> Pour son repos et pour le mien !

Dithyrambe. — Les anciens donnaient ce nom à des chansons ou à d'autres pièces de vers en l'honneur de Bacchus et du vin.

Aujourd'hui cette dénomination s'applique à des compositions en stances irrégulières, dont le genre est celui de l'ode.

Delille en a fait un sur l'immortalité de l'âme.

Duo. — Morceau composé pour être chanté à deux

personnes. On en met souvent dans les opéras. Exemple, le duo de *Don Sébastien*.

Eglogue. — Poésie pastorale où l'on introduit des bergers qui conversent ensemble.

Son ton simple et naïf n'a rien de fastueux
Et n'aime point l'orgueil d'un vers présomptueux.

Chanter Flore, les champs, Pomone, les vergers,
Aux combats de la flûte animer deux bergers ;
Des plaisirs de l'amour vanter la douce amorce,
Changer Narcisse en fleur, couvrir Daphné d'écorce.

Voici le commencement d'une églogue de Segrais :

Tircis mourait d'amour pour la belle Chimène,
Sans que d'aucun espoir il pût flatter sa peine.
Ce berger, accablé de son mortel ennui,
Ne se plaisait qu'aux lieux aussi tristes que lui.
Errant à la merci de ses inquiétudes,
Sa douleur l'entraînait aux noires solitudes ;
Et des tendres accents de sa mourante voix
Il faisait retentir les rochers et les bois.

Elégie. — Petit poème triste et tendre, dans lequel on déplore la perte d'un objet chéri, ou le chagrin que nous cause un événement malheureux.

Fragment d'une élégie de Dupaty.

Qui peut, loin de Tibur, te retenir, dis-moi ?
Serait-ce ta santé qui languit, qui chancelle ?
Va, c'est en l'aimant bien qu'on guérit une belle.
Fuis donc les bords du Tibre et viens incessamment
Recouvrer la santé dans les bras d'un amant.
Que dis-je ? oh ! de l'amour illusion puissante !
Rien ne m'est si présent que ma Cynthie absente.

Tous mes sens sont émus, je la sens, je la vois.
Oui, c'est là son souris, le doux son de sa voix.
Que ma Cynthie est belle ! elle serait sans peine
Des amours à son choix ou la sœur ou la reine,
Dryade au fond des bois, Naïade au sein des eaux,
Une nymphe bergère au milieu des troupeaux.
Tout dans Cynthie est grâce et rien n'est imposture ;
Elle n'est point parée et c'est là sa parure.

ENIGME.—Description d'une chose en termes obscurs, même contradictoires, qu'on donne à deviner. Pour que l'énigme soit bien faite, il faut qu'on puisse en trouver le mot sans qu'il soit trop facile à saisir et que tout ce qu'on dit ne convienne pas à un autre mot. Exemple :

Je ne suis point un puits, pourtant on m'a creusé ;
Je ne suis pas jambon et l'on s'est avisé
De me fumer. Enfin, pour que l'on me devine,
Je vais vous dire encor que sans être cheval
        Je suis bridé, que je chemine.
Certes, pour me trouver, vous n'aurez pas de mal.

(*Le mot est à la fin des diverses sortes de poèmes.*)

EPIGRAMME. — Trait piquant, malin, renfermé dans une seule stance ; c'est le dernier vers surtout qui doit être satirique. J.-B. Rousseau a fait de bonnes épigrammes. En voici une de Boileau :

Sans cesse autour de six pendules,
De deux montres, de trois cadrans,
Lubin, depuis trente-quatre ans,
Occupe ses soins ridicules.
Mais, à ce métier, s'il vous plaît,
A-t-il acquis quelque science ?

Sans doute ; et c'est l'homme de France
Qui sait le mieux l'heure qu'il est.

ÉPITAPHE. — On donnait autrefois ce nom à des vers qui se chantaient pendant les funérailles, en l'honneur du mort, et qu'on répétait à l'anniversaire du décès. A présent on ne se sert de cette expression que pour désigner les inscriptions destinées aux tombeaux. Dans ces pièces on doit peindre le caractère des personnes qui en sont le sujet.

En voici une qui a été consacrée à la mémoire de J.-J. Rousseau :

Pleure, passant, ci-gît un homme
Qui réunit éminemment
Ce que dans la Grèce et dans Rome
On vit autrefois de plus grand :
L'éloquence de Démosthène,
La sévérité de Caton,
L'âme sublime de Platon
Et la fierté de Diogène.

ÉPITHALAME. — Poème composé à l'occasion d'un mariage.

ÉPITRE. — Discours en vers adressé à quelqu'un. Boileau en a fait d'excellentes.

ÉPOPÉE. — Poème composé en vers alexandrins et divisé en un nombre variable de chants qui contiennent de trois à cinq cents vers. L'épopée ou le poème épique est ce qu'il y a de plus élevé dans la poésie. C'est le récit développé, étendu, embelli par des images, par des fictions, d'une grande action, accomplie par un héros, après avoir surmonté des obstacles sans nombre.

Nous n'avons, en français, qu'un seul poème épique qui ait eu du retentissement et qui, après avoir excité mille critiques, soit sorti glorieux de la lutte. C'est la *Henriade* de Voltaire; elle n'est pas exempte de quelques défauts sans doute; mais elle contient de grandes beautés. En voici un extrait dans lequel l'auteur décrit la famine des Parisiens assiégés.

Les mutins qu'épargnait cette main vengeresse,
Prenaient d'un roi clément la vertu pour faiblesse,
Et fiers de ses bontés, oubliant sa valeur,
Ils défiaient leur maître, ils bravaient leur vainqueur,
Ils osaient insulter à sa vengeance oisive;
Mais lorsqu'enfin les eaux de la Seine captive
Cessèrent d'apporter dans ce vaste séjour
L'ordinaire tribut des moissons d'alentour,
Quand on vit dans Paris la faim pâle et cruelle
Montrant déjà la mort qui marchait après elle,
Alors on entendit des hurlements affreux;
Ce superbe Paris fut plein de malheureux
De qui la main tremblante et la voix affaiblie
Demandaient vainement le soutien de leur vie.
Bientôt le riche même, après de vains efforts,
Éprouva la famine au milieu des trésors.
Ce n'était plus ces jeux, ces festins et ces fêtes
Où de myrte et de rose ils couronnaient leurs têtes,
Où parmi les plaisirs, toujours trop peu goûtés,
Les vins les plus parfaits, les mets les plus vantés,
Sous des lambris dorés qu'habite la Mollesse
De leur goût dédaigneux irritaient la paresse.
On vit avec effroi tous ces voluptueux
Pâles, défigurés, et la mort dans les yeux,
Périssant de misère au sein de l'opulence,
Détester de leurs biens l'inutile abondance;
Le vieillard dont la faim va terminer les jours

7

Voit son fils au berceau qui périt sans secours.
Ici meurt dans la rage une famille entière ;
Plus loin des malheureux, couchés sur la poussière,
Se disputaient encore, à leurs derniers moments,
Les restes odieux des plus vils aliments.
Ces spectres affamés outrageant la nature,
Vont au sein des tombeaux chercher leur nourriture.
Des morts épouvantés les ossements poudreux
Ainsi qu'un pur froment sont préparés par eux.
Que n'osent point tenter les extrêmes misères ?
On les vit se nourrir des cendres de leurs pères.
Ce détestable mets avance leur trépas,
Et ce repas pour eux fut le dernier repas.

On doit remarquer dans ce morceau le choix heureux des expressions, comme dans ces vers : *ils osaient insulter à sa vengeance oisive ; de leur goût dédaigneux irritaient la paresse ;*

Les images telles que *on vit la faim montrant la mort qui marchait après elle, ce superbe Paris fut plein de malheureux ;* les contrastes qui donnent de la force au style et y répandent de la variété : *Ils bravaient leur vainqueur ; bientôt le riche même après de vains efforts ;* et les sept vers suivants, opposés à la description qui vient après : *le vieillard... voit son fils au berceau... des ossements poudreux, ainsi qu'un pur froment ;*

L'harmonie imitative : *Ici meurt dans la rage ;* on croit entendre les grincements de dents de ces malheureux. *Sont préparés par eux,* ces syllabes qui se prononcent du bout des lèvres montrent la répulsion qu'on devait éprouver à manger *des ossements poudreux.*

Le sujet de la *Pucelle d'Orléans*, qui a si mal réussi entre les mains de Chapelain, et dont Voltaire a eu le tort de faire le texte d'un poème badin, malgré l'estime qu'il professe hautement pour la sublime héroïne, lorsqu'il en parle d'une manière sérieuse, ce sujet a été repris récemment par Alexandre Soumet, qui l'a traité avec toute la dignité qu'il mérite. Espérons que le temps confirmera les éloges accordés à cette œuvre nationale au moment de son apparition.

ETRENNES.—Compliment en vers à l'occasion du jour de l'an. En voici une adressée à une demoiselle :

> Jeune et respectable héroïne
> Objet vertueux et charmant
> Qui soutenez dignement
> La splendeur de votre origine,
> Si le ciel favorable à mes justes souhaits
> M'accorde ce que je désire
> Avant que cette année expire
> Un héros des plus parfaits
> Pouvant donner des lois aux autres
> Viendra s'assujettir aux vôtres.

FABLE. — Voir *Apologue*.

FABLIAUX. — Ce sont des contes rimés, presque toujours gais ou plaisants, qu'on faisait aux XIIᵉ, XIIIᵉ et XIVᵉ siècles. Ils contenaient le récit simple et naïf d'une action plaisante ou dramatique, ordinairement de peu d'étendue. On a aussi fait des fabliaux entremêlés de prose et de vers : ces derniers prenaient le nom de lais et se chantaient : Guillaume IX, comte de Poitiers, né en 1071, est l'auteur du plus ancien fabliau qui nous soit resté.

Les fabliaux se chantaient dans les noces en s'accompagnant d'un tambourin d'argent. Exemple :

Fabliau de la robe.

Bien doit estre wa vassor vis,
Qui vuet devenir menestrier,
Miez voudroy que fussiez rez
Sans aigue, la teste et coul,
Que ia ni remansit chenouil :
S'appartient à ces jongleours,
Et à ces autres chanteours,
Qu'ils aient de ces chevaliers
Les robes, car c'est lor métiers.

Vis, pour vil; vuet, veut; rez, roi.

Hymne. — Chanson religieuse, à l'honneur de Dieu
et des saints. Santeuil a fait de très-belles hymnes.

Idylle. — Petit poème, contenant quelque peinture agréable d'objets champêtres. L'idylle prend la
forme de narration, tandis que dans l'églogue on fait
converser des bergers : c'est ce qui distingue ces
deux genres de composition.

Telle qu'une bergère au plus beau jour de fête,
De superbes rubis ne charge point sa tête,
Et sans mêler à l'or, l'éclat des diamants,
Cueille, en un champ voisin, ses plus beaux ornements ;
Telle, aimable en son air, mais humble dans son style
Doit éclater sans pompe une élégante idylle.
Son ton simple et naïf n'a rien de fastueux
Et n'aime point l'orgueil d'un vers présomptueux.
Il faut que sa douceur flatte, chatouille, éveille,
Et jamais de grands mots n'épouvante l'oreille.

Madame Deshoulières en a composé une charmante sur le printemps.

IMPROMPTU. — Petite pièce de vers, composée sur un sujet qui se présente à l'improviste et que le poète traite à l'instant même, devant les personnes avec lesquelles il se trouve. Les impromptus n'ont pas de caractère déterminé; mais ils prennent le plus souvent celui du madrigal.

En voici un du marquis de Saint-Aulaire à la duchesse du Maine qui lui demandait son secret.

> Ma divinité qui s'amuse
> A me demander mon secret,
> Si j'étais Apollon, ne serait pas ma muse ;
> Elle serait Téthys et le jour finirait.

INSCRIPTION. — Pièce de vers très-courte destinée à être gravée sur un monument pour en indiquer la destination, ou sur un tableau, pour consacrer la mémoire du personnage qui y est représenté.

En voici une que la marquise du Châtelet avait fait graver à la porte de son jardin :

> Du repos, une douce étude,
> Peu de livres, peu d'ennuyeux,
> Un ami dans ma solitude,
> Voilà mon sort, il est heureux.

LAI. — Poésie plaintive faite sur deux rimes et divisée en petites stances composées de vers très-courts. On donnait aussi le nom de lais à des parties de chant qui, dans les fabliaux, étaient mêlées à la prose.

La grandeur humaine
Est une ombre vaine,
Qui fuit ;
Une âme mondaine,
A perte d'haleine
La suit ;
Et pour cette reine
Trop souvent se gêne
Sans fruit.

LOGOGRIPHE. — Sorte d'énigme dont le mot se décompose en d'autres mots sur lesquels on donne des définitions qui puissent aider à deviner. Pour former ces mots, on change l'ordre des lettres, ou on en supprime quelques-unes. Les lettres prennent le nom de *pieds* ; la première s'appelle en outre *ma tête*, la dernière ma *queue* et celle du milieu mon *cœur*.

En voici un :

Si vous m'avez sur mes six pieds,
C'est que n'avez rien à faire,
Quelquefois vous vous ennuyez,
Je vais tâcher de vous distraire.
Avec cinq pieds j'ai quatre mains ;
A quatre je garde les grains ;
Je viens quand le soleil se couche ;
C'est moi qui suis cause qu'on louche
Quand je suis placé de travers ;
Je dors tout le temps des hivers.
A trois pieds c'est moi qui vous porte,
Moi que l'on affiche à la porte,
Moi qui tiens le gouvernement,
Qui marque le contentement,
A deux, un métal qui vous tente
Et ce qui fait votre charpente.

(*Le mot est à la fin des diverses sortes de poèmes.*)

MADRIGAL. — Pensée fine, tendre ou galante, ren-
fermée dans un petit nombre de vers.

> Milton dont vous suivez les traces
> Vous prête ses transports divins :
> Ève est la mère des humains,
> Et vous êtes celle des grâces.

NOEL. — Nom qu'on donne à des morceaux de
chant composés pour la fête de Noël, à l'occasion de
la naissance de Jésus-Christ. Exemple :

> Verbe éternel, il n'appartient qu'aux anges
> De célébrer cette solennité,
>   Et votre faible humanité
> Ne peut assez exprimer les louanges
> Que nous devons à ta nativité.
>
> Adorons tous cette bonté suprême,
> Bénissons-la par des chants éternels,
>   Présentons des vœux solennels
> A ce grand Dieu qui s'immolant soi-même
> Se fait mortel pour nous rendre immortels.
>
> Quel changement ! quelle métamorphose !
> Celui qui tient l'univers en ses mains,
>   Celui qui fait les souverains,
> Et comme il veut de leurs sceptres dispose,
> Est aujourd'hui l'esclave des humains.
>
> Mondains remplis de gloire insupportable,
> Rois, comme Dieu, sur la terre adorés,
>   Sortez de vos palais dorés,
> Et venez voir couché dans une étable
> Dieu qui vous loge en ces lieux azurés.
>
> Il ne veut point donner la connaissance
> De sa venue à tous vos courtisans,
>   Il fuit tous ces vains complaisants

Et pour témoin de sa sainte naissance
Il a choisi de pauvres paysans.

Lui, qui d'un mot avait formé le monde
Ne pouvait-il de son droit absolu
   Nous sauver s'il l'avait voulu?
Mais cet excès d'une amour sans seconde
Avait été de tout temps résolu.

Charnel, 1759.

ODE. — Poème lyrique, divisé en strophes. Le sujet de l'ode doit être grand; on y célèbre une victoire, une belle action, un événement extraordinaire. Il faut que le style de l'ode ait de l'énergie et de l'éclat.

Son style impétueux souvent marche au hasard,
Chez elle un beau désordre est un effet de l'art.

Boileau.

*Ode de Voltaire sur la guerre des Russes contre les
Turcs, en 1768.*

L'homme n'était pas né pour égorger ses frères;
Il n'a point des lions les armes sanguinaires;
La nature en son cœur avait mis la pitié :
De tous les animaux seul il répand des larmes;
   Seul il connaît les charmes
   D'une tendre amitié!

Il naquit pour aimer : quel infernal usage
De l'enfant du plaisir fit un monstre sauvage?
Combien les dons du ciel ont été pervertis!
Quel changement, ô dieux! la nature étonnée,
   Pleurante et consternée,
   Ne connaît plus son fils.

Heureux cultivateurs de la Pensylvanie,
Que par son doux repos votre innocente vie

Est un juste reproche aux barbares chrétiens !
Quand, marchant avec ordre au bruit de leur tonnerre,
    Ils ravagent la terre,
    Vous la comblez de biens.

Vous leur avez donné d'inutiles exemples :
Jamais un dieu de paix ne reçut dans vos temples
Ces horribles tributs d'étendards tout sanglants ;
Vous croiriez l'offenser ; et c'est dans nos murailles
    Que le dieu des batailles
    Est le dieu des brigands.

Combattons, périssons, mais pour notre patrie,
Malheur aux vils mortels qui servent la furie
Et la cupidité des rois déprédateurs !
Conservons nos foyers ; citoyens sous les armes,
    Ne portons les alarmes
    Que chez nos oppresseurs.

Où sont ces conquérants que le Bosphore enfante ?,
D'un monarque abruti la milice insolente
Fait avancer la mort aux rives de Tyras ;
C'est là qu'il faut marcher, Roxelans invincibles ;
    Lancez vos traits terribles
    Qu'ils ne connaissent pas.

Frappez, exterminez les cruels janissaires,
D'un tyran sans courage esclaves téméraires ;
Du malheur des mortels instruments malheureux,
Ils voudraient qu'à la fin, par le sort de la guerre,
    Le reste de la terre
    Fût esclave comme eux.

La Minerve du nord vous enflamme et vous guide ;
Combattez, triomphez sous sa puissante égide :
Galitzin vous commande, et Bysance en frémit ;
Le Danube est ému, la Tauride est tremblante ;
    Le sérail s'épouvante,
    L'univers applaudit.

7.

Opéra.— Pièce de théâtre que l'on met en musique et dans laquelle il y a des danses. Les opéras se font en plusieurs actes, composés chacun de trois parties distinctes : 1° le récitatif qui est en vers libres ; 2° des ariettes ; 3° des chœurs de chant.

Ce sont des pièces à grand spectacle dans lesquelles on s'attache principalement à plaire aux oreilles par la musique, et aux yeux par les tableaux de la scène. On y fait surtout entrer le merveilleux.

Opéra-Comique. — Pièce qui tient de l'opéra et de la comédie. Elle n'a pas de danses et le récitatif y est remplacé par de la prose.

Oratorio. — Drame religieux exécuté à grand orchestre et par un grand nombre de chanteurs. Les oratorios s'écrivaient d'abord en latin ; c'est l'abbé de Voisenon, mort en 1775, qui fit le premier oratorio français. Son sujet était Moïse frappant de sa baguette le rocher pour en faire jaillir une fontaine. Il n'y mit que du chant, en dialogue et en chœurs, et supprima par conséquent le récitatif, qui est la partie la moins brillante de ces sortes de compositions. Il obtint quelque succès.

Parodie. — Travestissement d'une pièce de théâtre ou de toute autre poésie qu'on tourne en ridicule. Dans la parodie, on s'attache à reproduire les expressions et même les vers entiers de l'ouvrage qui en fait le sujet, en leur donnant un sens burlesque, malin, ridicule ou satirique. A une action héroïque on substitue une action triviale.

La parodie est quelquefois une critique, plus souvent c'est une plaisanterie qui n'ôte rien au mérite de l'ouvrage sur lequel elle est faite. L'*Enéide travestie* par Scarron est une bonne parodie du poème de Virgile. La *Henriade* et la tragédie de *Marianne* par Voltaire, l'*Inès de Castro* par Lamotte, *Hernani* par M. Victor Hugo, ont eu aussi leurs parodistes. Enfin Boileau n'a pas dédaigné de parodier quelques scènes du *Cid*, et loin de tourner en ridicule l'ouvrage du grand poète Corneille, il s'égaie aux dépens de Chapelain qui avait rédigé une critique du *Cid*.

Le sonnet suivant, composé par Malherbe pour servir d'épitaphe à Gaston d'Orléans, a été parodié par Ménage dans l'épitaphe de Malherbe lui-même. Voici ces deux morceaux :

Plus Mars que Mars de la Thrace,
Mon père victorieux,
Aux rois les plus glorieux,
Ota la première place.
Ma mère vient d'une race
Si fertile en demi-dieux
Que son éclat radieux
Toutes lumières efface.
Je suis poudre toutefois
Tant la parque fait ses lois
Égales et nécessaires ;
Rien ne m'en a su parer.
Apprenez, âmes vulgaires,
A mourir sans murmurer.

Parodie.

Les vers du chantre *de la Thrace*,
De l'enfer *victorieux*,
A mes vers mélodieux
Cèdent *la première place*.

On m'a vu sur le Parnasse
Par mon *éclat radieux*
Ternir les noms *glorieux*
Et de Virgile et du Tasse.
De la Parque *toutefois*
J'ai subi les dures *lois*,
J'en ai senti les outrages
Rien ne m'en a su parer.
Apprenez, petits ouvrages,
A mourir sans murmurer.

PASTOURELLE. — Chanson légère sur les plaisirs champêtres.

POÈME DIDACTIQUE. — L'expression *didactique* vient d'un mot grec qui signifie *instruire*. Le but du poème didactique est donc d'instruire ; on y traite quelque sujet de science ou d'art. C'est assez dire que ces compositions ont une certaine étendue et que le style en est sérieux. Il faut, pour qu'elles intéressent, y répandre de la variété par des fictions, des images, des contrastes, des épisodes.

Les principaux ouvrages de ce genre sont *les Saisons* de Saint-Lambert, *la Religion* de Racine fils, *l'Art poétique* de Boileau, *les Mois* de Roucher, *les Géorgiques françaises*, *les Jardins*, *les Trois Règnes* de Jacques Delille.

POT-POURRI. — Ouvrage composé de plusieurs choses disparates, assemblées sans ordre et sans choix.

On donne aussi ce nom à des chansons qui changent d'air à chaque couplet.

RETROUAGE. — Chansons galantes des anciens troubadours, dans lesquelles il y avait un refrain à la fin de chaque couplet.

Reverdis. — Pièces de vers dans lesquelles les anciens célébraient le retour du printemps.

Roman. — On donnait ce nom aux poèmes étendus des siècles qui ont précédé Marot. On les désigne aujourd'hui sous le titre de romans de chevalerie.

Romance. — Chanson faite sur un sujet touchant : elle exprime le plus souvent les plaintes d'un amant séparé de sa maîtresse, ou les regrets d'une amante délaissée. Ce nom lui vient de la langue *romane* dans laquelle les trouvères et les troubadours composaient leurs couplets.

Ronde. — Chanson à refrain où chacun chante à son tour.

Rondeau simple. — Se compose de deux quatrains séparés par un distique. Il n'y a que deux rimes et le commencement du premier vers revient après le 6° et après le 10°. Exemple :

> A dire vrai, ligueur jaloux,
> Vous en avez un peu dans l'aile,
> Et vous l'aurez échappé belle
> Si Louis calme son courroux.
> Comptez bien, vous trouverez tous
> Flotte, province ou citadelle
> > A dire.
>
> Recevez la paix à genoux
> Et votre pardon avec elle,
> D'avoir osé chercher querelle ;
> Il est trop de Louis à vous
> > A dire.

Rondeau double. — Pièce composée de treize vers dont sept ou huit d'une rime et cinq ou six d'une autre. Il y a un premier repos après le cinquième vers et un second après le huitième. Le commencement du premier vers doit, en outre, venir comme refrain après le huitième vers et après le treizième. Le rondeau est gracieux et naïf, mais il est passé de mode.

Le bel esprit au siècle de Marot
Des dons du ciel passait pour le gros lot ;
Des grands seigneurs il donnait accointance,
Et qui plus est faisait bouillir le pot.
Or, est passé ce temps où, d'un bon mot,
Stance ou dizain, on payait son écot :
Plus n'en voyons qui prennent pour finance
Le bel esprit.
A prix d'argent l'auteur, comme le sot,
Boit sa chopine et mange son gigot ;
Heureux encor d'en avoir suffisance !
Maints ont le chef plus rempli que la panse :
Dame ignorance a fait enfin capot
Le bel esprit.

(*Deshoulières.*)

RONDEAU REDOUBLÉ. — Il se fait aussi sur deux rimes et se compose de cinq quatrains et un envoi. Les quatre vers du premier quatrain doivent se retrouver dans les quatrains suivants, savoir : le premier vers à la fin du second quatrain ; le second vers à la fin du troisième quatrain ; le troisième vers à la fin du quatrième quatrain, et le quatrième vers à la fin du cinquième quatrain.

L'heureux séjour ! l'agréable bocage !
Pour un esprit exempt d'ambition,
Qui sait goûter les douceurs du village,
Des vains soins fuyant l'illusion.

Qu'on sente ailleurs toute l'émotion
Que peut causer la fortune volage ;
Il dit, content de sa condition :
L'heureux séjour ! l'agréable bocage !

A ces beaux lieux son loisir se partage,
Et son repos, sa satisfaction,
Seront toujours un solide avantage
Pour un esprit exempt d'ambition.

Les oiseaux même, à toute occasion,
Semblent redire exerçant leur ramage :
Ressens du ciel la bonne diction
Qui sait goûter les douceurs du village.

Dans ses enclos chacun peut faire usage
Des fruits offerts à sa discrétion,
Et savourer la crème et le fromage,
De vains soucis fuyant l'illusion.

ENVOI.

A cent objets l'œil fait attention,
Et doucement occupe une âme sage ;
Eaux, prés, jardins, tout sans exception
Plaît et publie en son charmant langage
           L'heureux séjour !

SATIRE. — Ouvrage moral qui censure ou tourne en ridicule les vices et les sottises des hommes. Les satires se composent ordinairement en vers de douze syllabes et ont une certaine étendue.

Mathurin Regnier est le premier qui en ait fait en France ; Boileau y a excellé. On en trouve aussi de bonnes dans Gilbert, Lagrange-Chancel, Despaze.

SÉRÉNADE. — Poésie des anciens troubadours sur les charmes d'une belle soirée, ou morceaux galants qu'ils chantaient le soir ou la nuit sous les fenêtres des dames.

SONNET. — Cette pièce, difficile à composer, passait autrefois pour ce qu'il y avait de plus beau dans la poésie. On n'y attache plus aujourd'hui la même importance.

Tout doit y être parfait ; les pensées nobles et élevées ; les expressions vives et harmonieuses ; le sujet distingué.

Le sonnet est formé : 1° d'un quatrain ; 2° d'un second quatrain dont les rimes sont pareilles et disposées de la même manière que dans le premier ; 3° d'un tercet commençant par deux vers de rime semblable ; 4° d'un autre tercet dont le second vers rime avec le dernier du premier tercet.

Tous les vers ont ordinairement la même mesure. Il ne faut pas qu'il s'y trouve un vers faible, et il est interdit de se servir deux fois du même mot ; la licence en est bannie, enfin le dernier vers doit présenter une saillie, une pensée inattendue.

A propos du sonnet, Boileau, dans son *Art poétique*, s'exprime ainsi : Apollon,

Voulant pousser à bout tous les rimeurs français
Inventa du sonnet les rigoureuses lois.
Du reste, il l'enrichit d'une beauté suprême.
Un sonnet sans défaut vaut seul un long poème.
Mais en vain mille auteurs y pensent arriver,
Et cet heureux phénix est encore à trouver.

Nonobstant ce dernier vers, il existe quelques beaux sonnets. Exemple :

Si tu voyais
Celle que j'aime,
A l'instant même
Tu l'aimerais :

Dans tous ses traits
Finesse extrême,
Grâce suprême
Sont ses attraits.

Elle est cruelle
Autant que belle
Pour mon malheur ;

Cette inflexible
A ma douleur
Est insensible !

SIRVENTES OU SERVANTOIS. — Sorte de poésie ancienne contenant des satires et des louanges sur les expéditions d'outre-mer.

TENSON. — Ancienne poésie provençale, dans laquelle deux poètes soutenaient une dispute sur un sujet galant.

TRAGÉDIE. — Pièce dramatique, dans laquelle on représente une grande action, arrivée à des personnages illustres. La tragédie doit exciter la terreur et la pitié : le comique en est rigoureusement exclus. C'est, après l'épopée, le poème le plus important. Il a ordinairement 5 actes de 300 vers environ chacun, et se subdivise en scènes plus ou moins étendues. On a fait quelques tragédies en 3 actes.

Le sujet est toujours pris dans l'histoire et les règles à observer sur la contexture du poème, sont les mêmes que pour la comédie : ainsi, il faut que le discours présente de l'intérêt dès le début, et qu'il soit de plus en plus attachant jusqu'à la fin. Le dénouement est presque toujours déterminé par la mort d'un ou de plusieurs des principaux personnages de la pièce.

Les trois unités, en ce qui concerne l'action, le lieu et le temps, sont plus rigoureusement exigées que dans la comédie. Les principaux personnages doivent avoir des passions fortes et bien caractérisées, telles par exemple, qu'une grande ambition, une bravoure extrême, une haine implacable, un amour violent, une jalousie furieuse, une amitié fraternelle, filiale, maternelle, ou quelque autre, pour laquelle ils sont prêts à tout sacrifier.

Corneille, Racine, Voltaire, nous ont donné des chefs-d'œuvre qu'on ne peut étudier avec trop de soin. Ce n'est pas par les règles, mais par l'exemple des bons ouvrages qu'on peut se former le goût avec fruit.

Voici un passage de *Mahomet*, dans lequel Voltaire peint avec force les remords que le crime fait naître :

Elle m'est enlevée... Ah ! trop chère victime !
Je me vois arracher le seul prix de mon crime.
De ses jours pleins d'appas détestable ennemi,
Vainqueur et tout puissant, c'est moi qui suis puni.
Il est donc des remords ! ô fureur ! ô justice !
Mes forfaits dans mon cœur ont donc mis mon supplice !
Dieu que j'ai fait servir au malheur des humains,
Adorable instrument de mes affreux desseins,
Toi que j'ai blasphémé, mais que je crains encore,
Je me sens condamné quand l'univers m'adore.

Je brave en vain les traits dont je me sens frapper.
J'ai trompé les mortels et ne puis me tromper.
Père, enfants malheureux, immolés à ma rage,
Vengez la terre et vous, et le ciel que j'outrage.
Arrachez-moi ce jour et ce perfide cœur,
Ce cœur né pour haïr, qui brûle avec fureur.
Et toi de tant de honte étouffe la mémoire;
Cache au moins ma faiblesse, et sauve encor ma gloire :
Je dois régir en Dieu l'univers prévenu;
Mon empire est détruit si l'homme est reconnu.

TRIOLET. — Petite pièce de poésie satirique composée de huit vers de quatre pieds. Le 4ᵉ et le 7ᵉ vers
sont la reproduction du premier, le huitième est aussi
la répétition du second. Il n'y a que deux rimes.
Exemple :

> Que vous montrez de jugement
> Jeune soldat, et de courage!
> Vous allez au feu rarement :
> Que vous montrez de jugement!
> Mais on vous voit avidement
> Courir le premier au pillage :
> Que vous montrez de jugement
> Jeune soldat, et de courage.

Autre triolet.

> Au nouvel an c'est un usage
> De présenter maint compliment
> Où le cœur dément le langage;
> Au nouvel an c'est un usage :
> Le tien est autre, je le gage;
> Reçois donc mon remercîment;
> Au nouvel an c'est un usage
> De présenter maint compliment.

Vaudeville. — Chanson populaire renfermant des traits satiriques ou plaisants sur quelque événement du jour. Il se compose sur un air connu ; le style doit en être naturel et piquant. Dans la chanson on attaque quelquefois les personnes, le vaudeville ne censure que les mœurs.

Panard, qui avait un style naïf, piquant et facile, a été appelé le père du vaudeville. Désaugiers y a excellé.

Villanelle. — Ancienne chanson villageoise ayant plusieurs couplets terminés par le même refrain. En voici une de Passerat, qui a deux refrains.

J'ai perdu ma tourterelle
Est-ce point elle que j'oi.

Je veux aller après elle ;
Tu regrettes ta femelle ?
Hélas, aussi fais-je moi.

J'ai perdu ma tourterelle

Si ton amour est fidèle
Aussi est ferme ma foi
Je veux aller après elle

Ta plainte se renouvelle
Toujours plaindre je me doi

J'ai perdu ma tourterelle.
En ne voyant plus la belle,
Plus rien de beau je ne voi,
Je veux aller après elle

Mort, que tant de fois j'appelle,
Prends ce qui se donne à toi,
J'ai perdu ma tourterelle,
Je veux aller après elle.

VIRELAI. — Ancien petit poème composé de vers de huit ou dix syllabes sur deux rimes. Les deux premiers vers reviennent dans des refrains. On en trouve dans Regnier Desmarais. En voici un de lui :

Dieu, dit l'apôtre en quelque part,
Aux personnes n'a point d'égard,
C'est en ces termes qu'il s'exprime ;
Mais d'une pareille maxime
On a depuis bien rabattu :
Dans les dévots tout est vertu,
Dans les autres gens tout est crime.

Dieu, dit le même, est charité
Et presque partout il enseigne
Que si la charité ne règne,
Le reste n'est que vanité.
Que fait un dévot ? il appelle
Sa haine du saint nom de zèle
Et d'un tel manteau m'a vêtu ;
Il croit que tout est légitime ;
Dans les dévots tout est vertu,
Dans les autres gens tout est crime.

Vous qui savez apercevoir
Une paille dans l'œil d'un autre,
Arrachez la poutre du vôtre,
C'est là votre premier devoir.
Mais quoi ! tout hypocrite estime
Que sa poutre n'est qu'un fétu ;
Dans les dévots tout est vertu,
Dans les autres gens tout est crime.

J'aime un véritable chrétien
Qui suit l'esprit de l'Écriture ;
Je hais la fourbe et l'imposture
D'un Scribe ou d'un Pharisien.

Mais en vain contre eux je m'anime
On me répond, c'est temps perdu :
Dans les dévots tout est vertu,
Dans les autres gens tout est crime.

Mots de l'anagramme : *miel, lime* ; — de la charade, *é, talon, étalon* ; — de l'énigme, *sabot* ; — du logogriphe, *loisir, loris, silo, soir, iris, loir, sol, loi, roi, ris, or, os.*

De la déclamation. — On entend par *déclamation* la manière de lire ou de réciter les vers.

Il est certain que la poésie étant composée de paroles harmonieuses, cadencées, rimées, exprimant avec énergie les impressions de l'âme, les affections des sens, celui qui les débite doit, par les intonations de sa voix, par des repos artistement ménagés, par un débit lent ou rapide, coulant ou saccadé, reproduire toutes les beautés que le poëte a répandues, dans son ouvrage.

Les vers sont enfants de la lyre ;
Il faut les chanter, non les lire.

Peu de personnes déclament bien, parce qu'il faut pour cela une attention soutenue, une perception rapide, un organe agréable, assez flexible pour prendre les intonations diverses que le sujet exige, et assez puissant pour donner au ton plus ou moins de force suivant la nécessité : on trouve rarement toutes ces conditions réunies.

Celui qui veut dire des vers doit conserver sa voix naturelle, et ne pas prendre un ton de fausset, aussi insipide que ridicule ; il doit élever son débit au-dessus de la prose, afin de conserver aux vers tout leur charme ; mais il faut qu'il évite en même temps ce récit coupé éternellement par hémistiches, s'arrêtant infaillible-ment à toutes rimes, ce ton toujours ridiculement emphatique, qui était usité autrefois, et dont la mo-notonie a depuis été justement critiquée.

Il faut sans doute que la mesure, que la rime, que la césure, en un mot, que la cadence du vers soit sen-tie par l'auditeur ; mais elle ne doit prédominer ni sur les repos ménagés à dessein par le poète pour donner de l'énergie et de la variété à son style, ni sur les ex-pressions qui en font la douceur ou la force.

J'ai plusieurs fois déjà comparé la poésie à la musi-que, parce qu'en effet il y a tant de ressemblance entre elles que les règles de l'une se retrouvent tou-tes dans l'autre, qu'elles impressionnent également l'auditeur en excitant sa sensibilité.

La musique a des mesures à quatre, à trois, à deux temps ; la poésie a aussi ses mesures de six, de cinq de quatre pieds, etc.

En disant ce mot sublime de Corneille, *qu'il mourût*, l'acteur doit soutenir la voix ; c'est un véritable *point d'orgue*.

La musique a des tons tantôt graves, tantôt ra-pides, tantôt animés, qu'expriment si bien les termes *largo, presto, amoroso*, etc. Elle a des mouvements doux ou forts, indiqués par les mots *piano, forte*. Celui qui déclame doit appliquer toutes ces règles à son débit.

La nature des ouvrages détermine le ton qu'il convient de donner à la déclamation ; ainsi il faut que la parole soit douce pour l'élégie, majestueuse dans l'épopée, énergique sur la scène ; enfin le regard, l'attitude, le geste, viennent au secours de la voix et en augmentent encore l'effet.

Déclamation lyrique. — La déclamation lyrique est tendre, légère, ou grave, selon le genre du poème.

Elle doit être tendre dans les vers suivants, c'est celle qui convient aux élégies et à toutes les pièces d'un caractère délicat et sensible.

Les tirets indiquent les endroits où il faut faire une pause, et les mots en italique sont ceux qui demandent à être prononcés avec expression.

> Je me souviens encore
> De *vos tendres discours*, —
> A celle que j'adore,
> Je *consacre* mes jours ; —
> Loin *d'elle*, — sur la terre,
> Rien ne peut me charmer ;
> Je voudrais savoir plaire
> Comme je sais *aimer.*
> *Allons*, — *Allons*, — *donnez-moi votre main* ; —
> Vous l'avez dit : — bouder c'est bien vilain.

Légère pour ceux-ci et pour tout poème où il y a de la gaîté ou de l'ironie.

> Un jour *Satan*, monarque des enfers,
> Faisait passer ses sujets en revue.
> Là, confondus, tous les états divers,
> *Princes et rois*, et la *tourbe menue*
> Jetaient maint *pleur*, poussaient maint et maint *cri*,
> Tant que Satan en était *étourdi*.

Il demandait en passant à chaque âme :
Qui t'a *jetée* en l'éternelle flamme ?
L'une disait : hélas ! c'est mon *mari :*
L'autre aussitôt répondait, *c'est ma femme.*
Tant et tant fut ce discours *répété,*
Qu'enfin Satan dit en plein consistoire :
Si ces gens-ci *disent la vérité,*
Il est *aisé d'augmenter notre gloire.*

La Fontaine.

Grave pour les vers ci-après, comme pour tout morceau sérieux.

Au banquet de la vie, *infortuné convive,*
    J'apparus un jour, et je *meurs :*
Je meurs et sur ma tombe où *lentement* j'arrive,
    Nul ne viendra verser des pleurs.

Salut, champs que *j'aimais,* et vous douce *verdure,*
    Et vous, riant exil des *bois !*
Ciel, pavillon de l'homme, admirable nature,
    Salut *pour la dernière fois !*

Ah ! puissent voir longtemps votre beauté sacrée
    Tant d'amis *sourds* à mes *adieux !*
Qu'ils meurent *pleins de jours,* que leur mort soit *pleurée,*
    Qu'un *ami* leur *ferme les yeux !*

Gilbert.

Déclamation épique. — Ce genre de déclamation exige de la force et de l'éclat. La prononciation doit être nette, bien articulée, lente ou rapide, selon que le passage exprime une action qui elle-même exige du temps ou s'accomplit avec précipitation.

Du geste. — Celui qui récite des vers ne saurait impressionner ses auditeurs s'il ne sentait pas lui-même, et celui qui sent fortement ne peut rester immobile ; le corps, les bras, la tête, les yeux, les traits du visage, tout en nous concourt pour traduire les impressions de notre âme, et le discours le plus éloquent ne produit aucun effet si celui qui le prononce reste impassible.

Le geste est donc essentiel dans la déclamation ; mais il faut qu'il soit naturel et en quelque sorte inspiré. On doit surtout craindre de l'exagérer et de le trop multiplier. Il plaît quand il est l'interprète fidèle de la pensée ; il doit, en conséquence, être proportionné au degré poétique de l'ouvrage et avoir de la relation avec les sentiments qui y sont exprimés.

L'attitude du corps varie peu ; elle ne change que lorsque l'orateur passe d'un sujet à un autre ; par exemple : dans la querelle ou la menace, on semble se tenir sur la défensive, on doit conserver cette pose jusqu'à ce que la scène soit terminée ou l'adversaire convaincu. Quand on veut persuader, on s'approche de celui à qui on adresse la parole, et on s'incline vers lui.

Le mouvement des bras est plus fréquent que celui du corps. Quand on parle avec force, on étend le bras, on l'agite un peu pendant la durée de la période si elle est longue ; on le rapproche lorsque le ton est modéré. On se met la main sur le front pour indiquer qu'on réfléchit, on la pose sur le cœur lorsqu'il s'agit d'exprimer les passions. Il serait impossible de spécifier tous les gestes qui peuvent être faits avec le bras ou la main ; ils varient à l'infini, mais ils seront bons s'ils ont de la vérité et de la grâce. Il faut se garder de battre la mesure avec les doigts ou de les remuer sans nécessité.

Les mouvements de la tête ont aussi leur expression ; elle s'élève dans la fierté ou le dédain ; elle se tient baissée dans l'humiliation ou la timidité; on la porte en avant pour la démonstration.

Il en est de même du regard qui est fixe et impérieux dans les passions violentes; doux et caressant dans la supplication ; baissé et timide, lorsqu'il exprime la modestie; louche, oblique, quand le personnage commet une trahison.

Enfin l'expression de la figure se modifie avec les paroles ; dans la plaisanterie, le visage est gai ; il se contracte dans la colère ; il s'affaisse dans la défaite et dans la tristesse.

Toute personne, dont l'organisation est délicate, sentira la nécessité et l'à-propos des gestes ; c'est la nature qui nous indique quand et comment il faut les faire ; les observations qui précèdent ne doivent donc être regardées que comme une indication générale et non comme une théorie complète du geste.

Histoire succincte des progrès de la versification. — J'ai développé, dans les chapitres précédents, les règles de la versification en multipliant les exemples, toujours plus utiles que les préceptes, et c'est pour rendre hommage à cette vérité que je recommande aux jeunes gens de lire l'*Art poétique* de Boileau; ils y trouveront des observations précieuses et un modèle parfait de style.

Je vais maintenant présenter un aperçu des modifications et des perfectionnements apportés successivement à la poésie française par les écrivains qui ont le plus contribué à l'améliorer.

De toutes les langues qui ont été parlées en France,

celle qui était connue autrefois sous la dénomination de langue *romance* ou *romane* (du nom *romani*, que les Francs donnaient aux Gaulois), et qui depuis a pris le nom de langue *française*, paraît avoir toujours été préférée par les nationaux, puisqu'elle a seule survécu à toutes les autres.

Tout prouve que la poésie était en grand honneur chez nos pères ; après les bardes qui, parmi les Gaulois, célébraient en vers les grandes actions des princes et des héros, vinrent les druides, qui étaient en grande vénération ; on les choisissait parmi les hommes les plus recommandables : leur mission était d'instruire le peuple et d'adoucir ses mœurs en lui inspirant l'amour des dieux et de la morale. Ils savaient rendre leurs préceptes agréables en les parant des charmes de la poésie et de la musique.

L'invasion des Romains suspendit ces usages ; le latin, que leur domination avait introduit dans notre pays, 150 ans environ avant l'ère chrétienne, était en quelque sorte devenu la langue vulgaire, et au IVe siècle, c'était presque la seule qu'on pratiquât : on s'en servait principalement dans les plaidoyers, dans les actes et dans les prières. On l'enseignait dans les écoles d'Autun, de Besançon, de Bordeaux, de Lyon et de Reims. L'usage du latin s'est maintenu généralement jusqu'au milieu du VIIIe siècle ; il s'est même conservé pour les actes publics jusqu'en 1539, époque à laquelle François Ier prescrivit, par ordonnance, de ne rédiger à l'avenir ces actes qu'en français.

Charles VIII, dès l'année 1490, et son successeur, en 1512, avaient déjà prescrit de n'écrire qu'en français les dépositions des témoins. Mais, d'après divers témoignages, M. Raynouard, qui a fait de laborieuses recherches sur la langue romane, affirme qu'elle avait reparu vers l'année 680. On retrouve même, en remontant plus haut, de nouvelles preuves de son existence, car en 665, on louait saint Mammolin, évêque de Tournay, de connaître aussi bien la langue romane que la langue théotistique.

Saint Grégoire, employant le mot *fol* au vi° siècle, dit qu'il parle à la manière gauloise.

Sulpice Sévère, au v° siècle, dit, dans ses dialogues sur la vie de saint Martin : « Parle-nous en celtique » ou en gaulois, pourvu que tu nous parles de Mar- » tin. »

Saint Jérôme reconnaissait chez les Galates d'Asie, au iv° siècle, l'idiome qu'il avait entendu parler aux environs de Trèves.

Enfin Ulpien nous apprend que la langue gauloise pouvait, au iii° siècle, être employée dans les testaments.

Il est très-probable que cette langue romane n'a jamais cessé d'être parlée. En effet, si l'on considère que l'usage du latin (idiome imposé à la nation) n'a duré que quatre à cinq siècles, pendant lesquels il n'a fait que dégénérer, on reconnaîtra que la langue indigène a dû continuer de subsister pendant cette période dans laquelle les sciences et les arts n'ont fait aucun progrès. Qui peut mieux attester la vérité de cette assertion que l'existence actuelle du langage celtique en Bretagne, du teutonique en Alsace, du provençal dans le Midi, du picard dans le Nord; quoique le

8.

français soit pratiqué depuis dix siècles dans toutes les parties de l'empire, que les relations de province à province soient devenues beaucoup plus actives, l'instruction plus générale, les sciences et les arts beaucoup plus développés.

Vers le commencement du ixᵉ siècle, elle avait repris sa prédominance sur le latin; on en trouve la preuve dans l'obligation imposée aux évêques, par plusieurs conciles de prêcher, en langue vulgaire, à partir de 813, ainsi que dans un traité passé en 858 entre Charles le Chauve et Louis le Germanique, traité qui fut écrit en langue *romane* pour les Français, et en latin pour les Allemands. Guillaume le Conquérant en fournit d'autres témoignages, car il voulait qu'on ne se servît que du français dans les écoles, et, par un édit de 1067, il décida que les lois d'Angleterre seraient écrites en la même langue, usage qui a été adopté et s'est conservé pendant trois cents ans.

On a cru à tort que le français avait été formé du latin; les savantes recherches de M. Galli prouvent que notre langue actuelle est la même que la romane, sauf les modifications apportées par le temps, et que si elle a reçu des mots du latin, elle en a aussi fourni à ce dernier. Sa forme originale est d'ailleurs bien différente du latin et elle l'a toujours conservée : ce n'est pas dans les mots pris isolément qu'il faut chercher l'origine des langues, mais dans le mécanisme des phrases, et d'ailleurs si le roman et le latin avaient été la même langue, Charles VIII, Louis XII, et François Iᵉʳ n'auraient pas eu besoin de rendre les ordonnances rapportées plus haut, ou si le français n'avait été qu'une forme modifiée du latin, personne mieux qu'eux n'était à même de le savoir, et ils en auraient certainement fait mention.

Les Francs mêlés et dispersés parmi les Gaulois, parlaient leur langue teutonique ou allemande qui est encore usitée aux environs de Strasbourg, mais ils la quittèrent la plupart pour se servir de la romane qui était préférée.

Les peuples qui, de la Grande-Bretagne, sont venus s'établir à l'ouest de la France, y ont aussi apporté leur langue qu'ils conservent encore, mais qui finira par s'éteindre.

Après avoir traversé tous les obstacles qui lui avaient été opposés, la langue française est arrivée à un degré de perfection tel qu'on la regarde aujourd'hui à juste titre comme la première langue de l'Europe. Dans toutes les nations civilisées on l'étudie avec enthousiasme; les chefs-d'œuvre innombrables qu'elle a produits sont recherchés de tous les points du globe; les génies qui l'ont illustrée sont connus des savants de tous les pays. Ces résultats brillants sont dûs, sans aucun doute, aux qualités qui la distinguent: la clarté d'expression, la facilité d'élocution, et une richesse d'inflexions qui lui permet de briller dans tous les styles. Si sa poésie est difficile à *cultiver*, elle donne des *fruits* d'autant plus précieux qu'ils ont coûté beaucoup de peine pour les obtenir. La critique a été sévère pour les poètes parce qu'on connaissait les écueils nombreux dont ils étaient entourés; mais si par ses jugements rigoureux, elle a parfois causé de cruels chagrins aux auteurs de mérite, il faut avouer aussi qu'elle a puissamment contribué à épurer la langue, car, à mesure que les règles de la versification s'établissaient, elles étendaient leur influence sur la prose et lui imposaient de justes limites.

Je vais maintenant passer rapidement en revue les différentes phases de notre poésie nationale.

IXe SIÈCLE. — Ce qu'on trouve de plus ancien en vers romances, est une épitaphe de Bernard, duc de Septimanie, qui fut tué en 844; la voici:

> Assi jay lo comte Bernad,
> Fils et credeire al sang sacrat,
> Que sempre prud'hom es estat.
> Pregu'en la divina bontat,
> Qu'aquela si que lo tuat,
> Posqua soll arm' haber salvat.

> Ici gît le comte Bernard,
> Qui prouva par le sang sacré
> Que toujours sage avait été.
> Prions la divine bonté
> Que celui qui le tua
> Puisse avoir son âme sauvée.

On remarque dans cette épitaphe que toutes les rimes sont semblables, et que le dernier *r* de Bernard a été supprimé pour la rime.

Xe SIÈCLE. — *Symbole attribué à saint Athanase.* — Kikumkes vult saf estre, devant totes choses besoing est qu'il tienget la commune fei.

Laquele si caskim entière é neent malmisure ne guarderats sans dotance pardurablement perirat.

I ceste est à certes la commune fei que uns dieu en trinitet é la trinitet en unitet aorums.

Ne mie confondanz le personnes, ne la substance des euranz. Altre est a décertes la personne del Perre, altre del fils, altre del saintz espiriz.

Quiconque veut être sauvé, avant toutes choses, besoin est qu'il observe la commune foi.

Si on ne la garde entière et inviolable, sans aucun doute on périra éternellement.

La commune foi est certes celle d'un dieu en trinité, et la trinité en unité adorée.

Ne confondez pas les personnes, ni la substance qui les sépare. Autre est la personne du Père, autre du Fils, autre du Saint-Esprit.

Fragment du poème de la Consolation par Boëce.

Nos jove omne, quan dius que nos esfam.
De gran follia per foledat parlam.
Quar nos no membra per cui viure esperam,
Qui nos soste, tan quam per terra anam,
Et qui nos païs que nos murem de fam
Per qui salves m'esper par tan qu'ell clamam.

Nous tous jeunes gens, tant que nous sommes
Parlons follement de grandes folies,   [vivre,
Nous ne nous souvenons pas de celui par qui nous espérons
Qui nous soutient, tant que par terre nous allons,
Et qui nous nourrit afin que nous ne mourions de faim ;
Par qui j'espère me sauver pourvu que je l'implore.

Il y a une différence remarquable entre le style du symbole de saint Athanase et celui du poème de Boëce ; cela tient à ce que le *roman* du midi n'était pas le même que celui du nord. C'est de ce dernier que la langue française s'est formée. Le roman du midi ne s'est conservé que dans les provinces au delà de la Loire où il est encore connu sous le nom de patois provençal.

Pour montrer la progression successive des deux dialectes, je donnerai des fragments de l'un et de l'autre pour les différentes époques.

XIᵉ SIÈCLE. — Commencement du roman appelé *Brut*, écrit en 1055, par Wistace ou Huistace,

> Qui veut ouïr, qui veut savoir
> De rois en rois, et d'hoir en hoir
> Qui cil fure, et dont vinrent
> Qui Angleterre primes tinrent
> Quiez roy y a en ordre eu
> Et qui ainçois, et qui puis fu:
> Metre Huistace le translata.

> Qui veut ouÿr, qui veut savoir,
> De rois en rois et d'hoir en hoir,
> Tout ce que furent et d'où vinrent
> Ceux qui d'abord les Anglais tinrent;
> Et l'ordre des rois qu'ils ont eus
> Ce qu'ils étaient, ce qu'ils sont devenus
> Maître Huistace l'a traduit.
>
> *Version de l'auteur.*

La nobla Leyczon, composée vers l'an 1100.

Ma encar s'en troba alcun al temp présent,
Lical son manifest à mot poc de la gent :
La via de Yeshu Xrist mot fort vorrian mostrar
Ma tan son persegu que a pena o poyon far;
Tan son li fals Xristian enseca per error.
E majormen aquilh que dev'esser pastor.

Mais encore il en est certains au temps présent
Lesquels ne sont connus qu'à très-peu de la gent

Le chemin de Jésus ils voudraient bien montrer
Mais on les poursuit tant qu'ils ont peine à l'oser.
Tant sont les faux chrétiens aveuglés par l'erreur
Surtout ceux qui devraient devenir nos pasteurs.

Cette traduction en vers est de M. Mary-Lafon qui a publié, en 1842, un tableau historique et littéraire, de la langue parlée dans le midi de la France.

Il est bien plus facile de comprendre le roman de Brut, écrit dans le dialecte du nord, que la noble leçon, composée dans celui du midi;

XII° SIÈCLE. — La poésie était très-cultivée sous Philippe-Auguste et un des poètes les plus distingués de ce règne est maître Vace, qui a mis en vers la chronique des ducs de Normandie.

Les vers de douze syllabes, dont l'usage ne s'est développé qu'au XVI° siècle, étaient connus bien auparavant: on les a appelés Alexandrins, du poète *Alexandre, de Paris*, qui s'en est servi le premier dans un poème sur Alexandre le Grand, écrit pendant le XII° siècle.

NORD.

Jou ai a mon H... qui le ditier a fait
Dittes Dieu me pardoinst de quanque jou ai meffait;
Et puis si vous dirai de siet eures ki sunt
Plus précieuses d'autres et plus à garder sont
A l'heure de matines fu li consiaux tenus,
Comment li bias Jesus seroit pris et battus,
Assanblé sunt li juis, li grant et li menu.

J'ai pour mon H... (moi) qui la composition ai faite
Priez Dieu (de) me pardonner de ce que j'ai méfait
Et puis je vous dirai de sept heures qui sont   [observer
Plus précieuses (que les) autres et font (plus de profit) à

A l'heure de matines furent les conseils tenus
Comment le faux Jésus serait pris et battu
Assemblés sont les Juifs, les grands et les petits.

Il ne faut pas juger ce français par l'impression qu'il
nous fait éprouver lorsque nous le lisons; il nous
semble barbare parce que nous ne le comprenons que
difficilement et qu'il diffère de nos usages actuels;
mais il n'était pas moins éloquent que notre langue
actuelle. Saint Bernard, né en 1091, a fait en français
des sermons qui passaient pour des chefs-d'œuvre
de sentiment et de force; l'illustre Henry de Valois
témoignait une grande estime pour les écrits de saint
Bernard, il les préférait à tous ceux des anciens, tant
latins que grecs, et cette opinion paraît avoir été partagée par les contemporains.

MIDI.

Tant m'abellis l'amoros pessamen
Que s'es vengut en mon fis cor assire,
Per que no i pot nuls autres pens'aber
Ni mais negus no mes dons ni plazens;
E fin amors m'aleyza mon martire
Qui m' promet joy mas trop lo m' dona len
Qu'ab bel sembla m'a tengut longamen.
Bona dompna, si us platz, siatz suffrens
Del bes qu'ie ut vuel; quieu sui del mal suffire;
E pueis li mal no' m' poirian dan tener,
Ans m'er semblan qu'els partam égalmens :
Pero si us platz qu'en autra part me vire
Parletz de vos la beutat e l'dous rire,
E l'gai solas qui m'afolis mos sen,
Pueis partir mais de vos mon escien.

(Folquet, de Marseille.)

On remarque que les rimes du second couplet sont les mêmes que dans le premier et que le troisième vers du premier ne rime qu'avec le troisième du sesond.

Tant me poursuit le tendre sentiment
Qui maintenant en mon cœur se retire
Que je ne peux autre pensée avoir.
Et nul ami ne m'est doux ni plaisant.
J'attends déjà que de chagrin j'expire
Ou que l'amour allége mon martyre.
Il me promet, mais un ajournement
Que le trompeur m'a tenu longuement.

Dame, ayez donc un cœur compatissant
Pour mon amour, ou le mal va m'occire;
De le souffrir je n'ai plus le pouvoir,
Partageons-le tous deux également,
Ou si voulez qu'autre part je soupire
Renvoyez donc la beauté, le doux rire,
Le gai plaisir qui m'ont fait votre amant,
Car je ne puis vous quitter autrement.

Trad. Mary-Lafon.

XIII⁰ SIÈCLE. — Le goût de la poésie s'était de nouveau réveillé en France avec le retour de la langue nationale, et après les premiers essais dont on vient de voir quelques échantillons, ce caractère poétique s'empara des esprits et fit surgir dans les provinces septentrionales, notamment dans la Picardie et dans la Normandie, ces trouvères si célèbres alors; ce sont les véritables fondateurs de notre langue actuelle. Paris avait déjà des écoles dont la réputation s'étendait au loin et on y venait de toutes les parties de l'Europe pour s'instruire. Les trouvères faisaient partager leur

9

enthousiasme aux princes et aux seigneurs en chantant leurs compositions, ils allaient dans les grandes assemblées où on les recevait avec joie ; ils se faisaient accompagner de musiciens pour joindre au charme des paroles celui de l'harmonie. Ils composaient des chansons, des fabliaux, des romans en vers, et le nombre de ces auteurs, parmi lesquels il y en eut beaucoup qui jouirent d'une grande estime, s'accrut rapidement ; on en compte plus de 150 dans un espace de temps assez limité ; leurs écrits sont remarquables par la naïveté piquante qui y règne, par les récits curieux qu'on y trouve et dont il a été fait souvent des imitations par Rabelais, La Fontaine, Molière, Balzac et quelques autres. C'est en 1263 que parut la première partie du roman de la Rose, écrite par Guillaume de Lorris, la fin est de Jean de Meung qui l'a terminée en 1310 : ce livre eut un succès immense. Il faisait les délices de tous les lecteurs.

Le midi eut aussi ses poètes que l'on désignait sous le nom de troubadours ; ils furent plus nombreux et non moins célèbres que les trouvères. Et, comme ces derniers, ils allaient de province en province, chantant leurs vers en s'accompagnant de la guitare. Ils entraient dans les châteaux où on leur faisait une brillante réception ; ils étaient même reçus dans les cours étrangères. Partout ils faisaient les délices de leurs hôtes en célébrant l'amour, la gloire et la patrie ; partout ils étaient applaudis, recherchés, et cet enthousiasme qui les inspirait contribua puissamment à enrichir la poésie.

La différence qui existait entre le roman des trou-

vères et celui des troubadours a fait donner des noms
distincts à ces deux dialectes ; le premier s'appelait
langue d'*oïl*, l'autre langue d'*oc*, mots qui signifiaient
oui dans l'une comme dans l'autre, et cette distinction
n'a cessé d'exister que sous François Ier. La langue
d'*oïl* qu'on désigne aussi sous le nom de roman
wallon ou picard était peut-être moins poétique que
le roman provençal, mais elle avait plus de clarté,
plus de précision, et c'est sans doute ce qui lui a fait
donner la préférence.

Voici comment Guillaume de Lorris commence le
roman de la Rose, dont il a fait les 4,150 premiers vers.

> Et ce nul ou nule demande,
> Comme je veuil que ce romans
> Soit appelé, que je commens :
> Ce est le romans de la Rose,
> Où l'art d'amours est toute enclose.

Se, signifie si ; *nul ou nule*, quelqu'un ou quelqu'une ; *je veuil*, je veux ; *commens*, commence ; dans
cet autre passage, il décrit avec assez de bonheur la
marche rapide du temps.

> Le temps qui s'en va nuit et jour
> Sans repos prendre et sans séjour,
> Et qui de nous se part et emble
> Si secrètement qu'il nous semble
> Que maintenant soit en un point ;
> Et il ne s'y arrête point,
> Ains ne fine qu'outre passer,
> Sitôt que ne sauriez penser
> Quel temps il est présentement.
> Car avant que le pensement

Fût fini, si bien y pensez,
Trois temps seraient déjà passés.

Emble signifie court ; *ains*, jamais ; *fine*, manque.
Voici maintenant des vers de Jean de Meung.

Je suis maistre Jehan de Meung
Qui par maints vers sans nulle prose
Fis cy le romans de la Rose
Et cet hotel qu'ici voyez
Prins pour accomplir mes souhaits
S'en achevé une partie
Après mort me toli la vie.

Fragment d'un fabliau intitulé LES TROIS DAMES.

Ma peine metray et m'entente
Tant com' seray en ma iouente
A conter un fabliau par rime
Sans coulour et sans leonime :
Mais s'il y a consonantie
Il ne me chault qui mal en die.
Car ne peut pas plaisir à tots
Consonantie sans biaux mots.

La rime *léonine* ou *léonime* était la rime plate d'aujourd'hui, *et m'entente*, signifie et mon intelligence ;
iouente, jeunesse ; *consonantie*, consonnance ; *me chault*,
m'importe ; *die*, dise ; *tots*, tous ; *biaux*, beaux.

On cite encore, parmi les poètes les plus remarquables de ce temps Hue de Piancelle, Thibault, comte de
Champagne, l'un des premiers qui aient fait usage du
mélange des rimes masculines et féminines, Docte de
Troyes, femme célèbre par sa beauté, son esprit et sa
voix. Elle était un des plus beaux ornements de la

cour de Conrad, à Mayence, et Barbe de Verrue, autre poétesse dont les odes anacréontiques étaient estimées.

Langue d'oc.

Daus orient entro l' solelh colguan,
Fas à la gent un covinent novelh ;
Al lial hom donarai un bezan
Si l' deshals mi dona un clavelh,
Et un marc d'aur donarai al cortes
Si l' deschauzitz mi dona un tornes ;
Al verladier darai d'aur un gran mon
Si m' don un huou quex messongier que y son.

Pierre Cardinal.

De l'Orient jusqu'au soleil couchant
J'offre aux humains un troc neuf et peu cher :
A l'homme franc je fais don d'un bezant
Si l'homme faux me donne un clou de fer,
Puis je fais don d'un marc d'or au courtois
Si le brutal veut me rendre un tournois ;
Et d'un mont d'or aux gens de bonne foi
Si tout menteur me donne un œuf à moi,

Trad. Mary-Lafon.

XIVe SIÈCLE. — Le roman des trouvères devient définitivement la langue nationale ; elle se perfectionne progressivement, elle s'enrichit ; la poésie qui jusque là ne s'était montrée que dans les *fabliaux*, les *romans*, les *sirventes*, les *tensons*, essaie des formes nouvelles et l'on voit naître la *ballade*, le *chant royal*, le *lai*, la *pastorale*, les *rondeaux*, la *villanelle*.

La poésie des troubadours avait d'ailleurs conservé sa grâce et sa douceur ; elle faisait le charme des populations et sept troubadours de Toulouse instituèrent des jeux poétiques qui sont devenus fameux et sont encore célébrés chaque année.

L'inscription suivante est du xive siècle.

> Ci-devant gist en iceste aire
> Li cors Thomas l'apoticaire,
> Qui passa nuef jours en janvier
> L'an trois cent onze et un milier.
> Diex qui venra pour nous jugier
> Le vuelle avec lui hébergier.
>
> Ci, devant vous, gît en celte place,
> Le corps de Thomas l'apothicaire
> Qui mourut le neuvième jour de janvier
> L'an mil trois cent onze.
> Dieu qui viendra pour nous juger
> Le veuille avec lui héberger.

Dans les vers ci-après de Christine de Pisan, née en 1363, on s'aperçoit déjà que la poésie et la langue ont fait quelques pas vers la perfection.

> Fils, je n'ai mie grand trésor
> Pour t'enrichir. Mais au lieu d'or
> Aucuns enseignemens montrer
> Te veuil, si les veuilles noter.
>
> Dès ta jeunesse pure et monde
> Apprends à cognoistre le monde
> Si que tu puisse par apprendre
> Garder en tous cas de mesprendre
>
> Se as bon maistre, sers-le bien,
> Dys bien de lui, garde le sien,
> Son secret scelles, quoi qu'il fasse
> Sois humble devant sa face.
>
> Trop convoiteux ne soyes mie,
> Car convoitise est ennemie

De chasteté et de sagesse :
Te gard' aussi de foll' largesse.

Mie, pas; *aucuns*, quelques; *te veuil*, je veux te;
si les veuilles, si tu veux les; *si*, afin que; *se as*, si tu
as; *te gard'*, garde-toi.

Vers des LEYS D'AMORS, *par les sept troubadours de
Toulouse.*

Clartats del mon luminoza,
Fontayna delicioza,
E mana mot sabaroza,
Digna de totas lauzors,
Mayres de Dieu et espoza,
Verges humils graciosa
Et de totz bes abondoza,
Pregats per nos pecadors.

Clarté de la lune lumineuse
Fontaine délicieuse
Et main très-savoureuse
Digne de tous les lauriers;
Mère de Dieu, son épouse,
Vierge humble et gracieuse
Et de tous biens abondante
Priez pour nos péchés.

*Circulaire des sept troubadours de Toulouse, envoyée
en divers lieux du pays de Languedoc, pour inviter
les-poètes à se rendre à Toulouse au jour marqué.*

Als honorables et as pros
Senhors amics et companhos
Asquals es donat lo saber,
Don creish als bos gaug et plazers,

Sens et valors e cortesia ;
La sobregaia companhia
Dels sept trobadors de Tholosa :
Salut et mais vida joiosa !

Tug nostre major cossirier,
El pessamen, el desirier
Son de chantar et d'esbaudir.
Per quey may voleh far auzir
Nostre saber et luen et pres.
Quar si no fos qui mots trobes
Sempre fara chant remazuts,
Et tot plasents solats perdutz,
Et plus de prets entre las gens.

Aux honorables et aux preux
Seigneurs, amis et compagnons,
Auxquels est donné le savoir,
D'où naît aux bons joie et plaisir
Sens et valeur et courtoisie ;
La gaie compagnie
Des sept troubadours de Toulouse :
Salut et très-joyeuse vie !

Tout notre plus grand souci
Tous nos désirs, toute notre ambition
Se borne à chanter et à rire.
C'est pourquoi nous voulons faire entendre
Notre science et près et loin ;
Car si personne ne trouvait beaucoup,
Toujours on ferait des chants usés
Et tous les agréables délassements seraient perdus
Et il n'y aurait plus ni prix ni honneur.

XVᵉ SIÈCLE. — Vers la fin du xivᵉ siècle on vit la
gloire des troubadours s'éteindre peu à peu, tandis
que la langue française étendait son domaine. Charles
d'Orléans, né en 1391, et surtout Villon qui vint

40 ans après, faisaient des vers coulants et faciles ; les poésies de ce dernier se distinguent par un mélange de gaieté folle et de mélancolie touchante ; différent de ses prédécesseurs, il pense par lui-même et ne s'assujettit pas comme eux à imiter le roman de la Rose.

Marguerite de Surville, née en 1405, s'est fait aussi remarquer par sa précocité et le charme de sa poésie, à onze ans elle traduisit en vers une ode de Pétrarque, et Christine de Pisan, après l'avoir lue, s'écria : *Il me faut céder à cette enfant tous mes droits au sceptre du Parnasse.* Marguerite montre en effet dans son style une touchante naïveté. Elle adressait ces vers à son enfant.

O cher enfantelet, vray pourtraict de ton père,
   Dors sur le sein que ta bouche a pressé !
Dors, petiot ; cloz, ami, sur le seyn de ta mère
   Tien doulx œillet par le somme oppressé.

Bel amy, cher petiot, que ta pupille tendre,
   Gouste ung sommeil qui plus n'est faict pour moy,
Je veuille pour te veoir, te norrir, te défendre
   Ainz qu'il m'est doulx ne veiller que pour toy.

Dors, mien enfantelet, mon soulcy, mon idole,
   Dors sur mon seyn, le seyn qui t'a porté !
Ne m'es jouit encore le son de ta parole,
   Bien ton soubriz cent fois m'aye enchanté.
O cher enfantelet, etc.

Basselin, de Vire, département du Calvados, qui vivait dans le même temps, composa beaucoup de chansons qu'il se plaisait à chanter au pied d'un coteau appelé *les Vaux*, sur la rivière de *Vire* : ce qui

fit donner à ses couplets le nom de *Vaux de Vire*
dont on a fait ensuite *vaudeville*; c'est donc à Basselin
qu'il faut appliquer ce vers de Boileau :

Le Français né malin créa le vaudeville.

On regarde Chassignet, de Besançon, qui vivait à
la fin du xv° siècle, comme un de ceux qui ont le plus
contribué à l'amélioration de la poésie. Il a traduit
en vers les psaumes de David et a composé une grande
quantité de sonnets. La stance suivante, dans laquelle
il s'adresse à Dieu, n'est pas sans mérite.

Par toi le doux soleil à la terre, sa femme,
D'un œil tout plein d'amour communique son âme,
  Et tout à l'environ
Lui poudre les cheveux, ses vêtements embâme,
Et de fruits et de grains lui jonche le giron.

Toutes les mesures de vers étaient alors en usage ;
mais on n'en faisait que rarement de douze ; au contraire ceux de quatre, cinq, six syllabes étaient en
faveur et convenaient au style de l'époque.

Martial de Paris a fait, sur la mort de Charles VII,
arrivée en 1461, une élégie dont la marche est aisée
et le style fort peu différent du français actuel, comme
on peut le voir par ce fragment :

  Mieux vaut la liesse (1),
  L'amour et simplesse
  Des bergers pasteurs,
  Qu'avoir à largesse

(1) *Liesse* signifie gaieté.

Or, argent, richesse
Ni la gentillesse
De ces grands seigneurs.
Car pour nos labeurs
Nous avons sans cesse
Les beaux prés et fleurs,
Fruitages, odeurs,
Et joie à nos cœurs
Sans mal qui nous blesse.

Vers la fin du xv⁰ siècle, Clémence, bienfaitrice du corps des Jeux floraux, s'exprime avec beaucoup de charme en roman provençal, dans une hymne au printemps. La voici :

Bela sazo, iventat de l'annada,
Tornar fazetz lo dolce joi d'amors,
E per ondrar fiseles trobadors
Avetz de flors la testa coronada.

De la Verges humils, regina dels angels,
Disen, cantan, la pietat amorosa,
Quan dab sospirs amars, engoyssa dolorosa,
Vic moris en la crotz lo gran prince del cels.

Belle saison qui commencez l'année,
Qui faites revenir les doux jeux de l'amour,
Et pour charmer le joyeux troubadour
Avez de fleurs la tête couronnée.

Vierge timide, ô toi reine des anges,
Ta douce pitié mérite nos louanges.
Pour ta cruelle angoisse et tes pleurs douloureux,
En voyant sur la croix mourir le roi des cieux.

Traduction de l'auteur.

Le docteur J.-B. Noulet, membre de l'Académie des

sciences de Toulouse, a publié, en 1849, sous le titre *las Joyas del goy saber*, les Joies du gai savoir, un recueil de poésies en langue romane, couronnées par le consistoire de la gaie science de Toulouse, depuis l'année 1324 jusqu'à 1498, avec traduction et glossaire.

XVI° SIÈCLE. — La langue française s'était fixée dans son génie pendant le cours du XV° siècle ; ce fut la poésie qui, durant le siècle suivant, fit des progrès très-rapides ; parmi les auteurs qui ont illustré cette période, il en est trois qui ont principalement contribué à l'élévation de la poésie, ce sont : Marot dont la naissance remonte à l'année 1495 ; Ronsard, qui vint au monde, en 1524, et enfin Malherbe, né en 1556, et qui a été appelé le prince des poètes.

Avant Marot, notre poésie avait une douceur et une naïveté très-bien appropriées aux ballades, aux rondeaux, aux triolets qui abondaient alors ; Marot, en conservant ces qualités à son style, y joignit un tour fin et délicat. Il contribua aussi à améliorer la versification, en se soumettant à l'élision de l'*e muet* à la fin du premier hémistiche : Jean Lemaire avait donné précédemment des modèles de cette règle, mais ce fut Marot qui la fit adopter. Le mélange des rimes masculines et féminines, que Marot n'a pas toujours observé et qui n'a acquis force de loi que 50 ans après, sous Ronsard, se trouve néanmoins fréquemment dans les poésies de Marot, et on ne peut douter qu'il n'ait contribué à l'établir. Enfin il a perfectionné le rondeau et la ballade en y formant ses vers dans lesquels il a répandu beaucoup de grâce et une ga-

lanterie pleine de délicatesse. Il tournait élégamment
le vers de cinq pieds et avait su prendre le ton qui
convient le mieux à l'épigramme et au madrigal.

On cite de lui l'épigramme suivante :

Monsieur l'abbé, et monsieur son valet
Sont faits égaux, tous deux comme de cire :
L'un est grand fou, l'autre petit follet,
L'un veut railler, l'autre gaudir et rire.
L'un boit du bon, l'autre ne boit du pire ;
Mais un débat le soir entre eux s'émeut ;
Car maître abbé toute la nuit ne veut
Être sans vin, que sans secours ne meure,
Et son valet jamais dormir ne peut
Tandis qu'au pot une goutte demeure.

Voici de lui un madrigal remarquable par la pensée
qui le termine.

Un jour la dame en qui si fort je pense
Me dit un mot de moi tant estimé,
Que je ne peux en faire récompense
Fors de l'avoir en mon cœur imprimé,
Me dit avec un ris accoutumé :
— Je crois qu'il faut qu'à t'aimer je parvienne.
— Je lui réponds : — N'ai garde qu'il m'advienne
Un si grand bien ; et si j'ose affirmer
Que je devrais craindre que cela vienne,
Car j'aime trop quand on me veut aimer.

Ronsard avait du génie ; il sentait que le genre
noble n'avait pas été essayé dans la poésie française,
et il crut pouvoir l'y introduire en imitant le rhythme
des Grecs et des Latins ; ses tentatives parurent d'abord
avoir quelque succès, il fut encouragé par Charles IX,
et reçut en prix des magistrats de Toulouse une

Minerve d'argent massif ; mais on reconnut bientôt
que ce qui convenait aux langues anciennes ne pouvait s'accorder avec la nôtre, dont le génie était bien
différent. C'est peut-être aux défauts qu'on reproche
à Ronsard et qui consistent dans des épithètes for-
cées, dans des enjambements multipliés, qu'on doit
les derniers perfectionnements de la versification, car
il montra à ses successeurs les écueils qu'il fallait
éviter ; mais Ronsard ne pindarisait pas toujours et
en cela il fut parfois bien inspiré ; voici une chansonnette qui est un vrai modèle de grâce et de naïveté :
on ne dirait pas si bien aujourd'hui.

> Mignonne, allons voir si la rose
> Qui ce matin avoit desclose
> Sa robe de pourpre au soleil
> A point perdu, ceste vesprée,
> Les plis de sa robe pourprée
> Et son teint au vostre pareil ;
> Las ! voyez comme en peu d'espace,
> Mignonne, elle a dessus la place,
> Las, las ! ses beautez laissé choir !
> O vrayment, marastre nature,
> Puisqu'une telle fleur ne dure
> Que du matin jusques au soir,
> Donc, si vous me croyez, mignonne,
> Tandis que votre âge fleuronne
> En sa plus verte nouveauté :
> Cueillez, cueillez, vostre jeunesse,
> Comme à ceste fleur la vieillesse
> Fera ternir vostre beauté.

Pourquoi faut-il que Ronsard nous prive de citer
beaucoup d'exemples de cette force !

Ronsard s'était associé à Baïf, Belleau, Dorat, du Bellay, Jodelle et Thyard pour former une pléiade poétique qui devait consolider son système. Les efforts de tous ces poètes furent inutiles et leurs vers scandés sont morts avec eux.

Voici de ces vers que Baïf adressait à son ami Jodelle.

> Au dieu Bacchus sacrons cette feste,
> Bachique brigade,
> Qu'on gaye gambade,
> Le lierre on secoue,
> Qui nous ceint la teste.
> Qu'on joue,
> Qu'on trépigne,
> Qu'on fasse maint tour
> Alentour
> Du bouc qui nous guigne
> Se voyant environné
> De notre essaim couronné
> Du lierre ami des vineuses carolles
> Iach, evoe, iach, ia, ha.

Carolles signifie danses.

On poussa plus loin encore l'imitation du latin en faisant de ces vers mesurés sans rimes ; mais ils ne valent pas mieux que les autres, comme on peut s'en convaincre par ceux-ci de Rapin.

> Vénus grosse, voyant approcher son terme, demanda
> Aux trois parques de quoi elle devait accoucher :
> D'un tigre, dit Lachésis ; d'un roc, Cloton ; Atropos, d'un feu.
> Et, pour confirmer leur dire, naquit Amour.

On regarde Malherbe comme le véritable fondateur de notre langue poétique : on lui doit la suppression définitive de l'hiatus et des enjambements. C'est lui qui nous a donné le premier des exemples du style noble et soutenu ; des stances harmonieuses et coupées avec goût. Ses constructions poétiques sont appropriées au génie de notre langue et il a en quelque sorte créé la poésie lyrique.

On en peut juger par les strophes suivantes sur la grandeur périssable des rois.

Ont-ils rendu l'esprit ? ce n'est plus que poussière
Que cette majesté si pompeuse et si fière
Dont l'éclat orgueilleux étonnait l'univers ;
Et dans ces grands tombeaux où leurs âmes hautaines
   Font encore les vaines,
   Ils sont rongés de vers.

Là se perdent ces noms de maîtres de la terre,
D'arbitres de la paix, de foudres de la guerre ;
Comme ils n'ont plus de sceptre, ils n'ont plus de flatteurs,
Et tombent avec eux d'une chute commune
   Tous ceux que la fortune
   Faisait leurs serviteurs.

Ce siècle eut d'ailleurs d'autres poètes de mérite, mais aucun n'a égalé Malherbe ; on peut citer entre autres Desportes, Gudinal, Mellin de Saint-Gelais, Régnier, né en 1573. Il est juste d'accorder à ce dernier une mention particulière, car c'est lui qui a introduit la satire dans notre littérature ; il y a assez bien réussi et quoiqu'il soit inférieur à Boileau, il a des morceaux très-recherchés. Il a peint les mœurs du temps où il a vécu ; son style est correct et agréable, comme on peut le voir par ces vers :

J'aimais depuis longtemps Ismène ;
Je haïssais Zoïle au suprême degré :
Le jubilé venu, l'on veut bon gré mal gré
Que j'étouffe en mon cœur et l'amour et la haine.

Il ne faut rien faire à demi ;
Puisque je l'ai promis je tiendrai ma promesse ;
Mais qu'on quitte aisément une ancienne maîtresse ;
Qu'on embrasse avec peine un ancien ennemi.

XVIIᵉ Siècle. — L'élan était donné, et le xviiᵉ siècle
a vu paraître beaucoup de poètes de mérite parmi lesquels on distingue Voiture, Racan, Maynard, Benserade, Rotrou, Campistron, Brueys et Palaprat,
Boursault, Dancourt et une infinité d'autres plus ou
moins célèbres. Mais cette période qu'on a appelée le
siècle de Louis XIV ou le grand siècle, a surtout été
illustrée par le génie créateur de quelques écrivains
qui ont apporté la dernière perfection à tous les genres de poésie.

Ainsi Corneille élève la tragédie au degré éminent
que ce poème pouvait atteindre, quant à la grandeur
des pensées et à celle des héros qu'il met en scène,
il surpasse de beaucoup tous les auteurs de son époque,
et on peut dire avec justice que c'est le plus grand
poète de la France, eu égard au temps où il a écrit.

Racine, aussi exact sous ces deux rapports que Corneille, est préférable pour le mérite de la versification, par la pureté et l'élégance du style ; Molière,
dans la comédie, laisse bien loin derrière lui tous
ceux qui l'ont précédé, il saisit les travers de la société, il les peint d'une main hardie et toujours sûre,
et reste inimitable. Boileau fait un chef-d'œuvre de

poésie en rédigeant un code poétique ; il donne des modèles irréprochables de satires et d'épîtres ; Rousseau prend le premier rang parmi les poètes lyriques ; La Fontaine écrit des fables et des contes qui réunissent toutes les qualités dont ces compositions sont susceptibles ; Quinault devient le créateur et le modèle d'un nouveau genre de poème dramatique. Quoiqu'il soit peu connu maintenant, ses opéras prouvent qu'il avait de l'esprit et de la facilité, son style est précis, ses vers naturels et expressifs.

Tandis que ces génies supérieurs portaient la gloire littéraire de la France au plus haut degré, d'autres écrivains qui sentaient sans doute l'insuffisance de leur talent, cherchaient à s'en dédommager par des compositions puériles et dont la difficulté fait tout le mérite, comme des charades, des acrostiches, des bouts rimés : on attribue l'invention de ces derniers à Dulot qui vivait en 1649. Malgré tout ce qu'une pareille conception avait de ridicule, et, quoique Sarrasin l'ait tournée en dérision dans un poème intitulé la *Défaite des bouts rimés*, ces sortes de compositions ont été de mode pendant quelque temps et on a même été jusqu'à accorder chaque année une médaille d'argent à celui qui remplissait le mieux un sonnet en bouts rimés à la gloire du roi.

Maynard a été plus heureux en établissant le principe des repos intérieurs dans les stances. Il veut qu'à celles de six vers il y ait une pause après le troisième et que dans celles de dix vers on ménage un silence après le quatrième vers et un autre à la fin du septième. Quoique cette règle n'ait pas toujours été ob-

servée, comme on l'a vu plus haut, elle a néanmoins
été utile en montrant la nécessité de donner une
coupe uniforme à toutes les stances d'un même morceau.

Les écrits des auteurs du XVIIe siècle se trouvent
dans toutes les mains, et je pourrais me dispenser
d'en reproduire ici, toutefois Corneille commence à
être moins répandu et comme ce poète est un de ceux
qui ont le plus contribué à la gloire de la France, je
transcrirai une tirade de la tragédie des *Horaces*. On y
verra un exemple du caractère élevé qu'il sait donner
à ses personnages.

HORACE.

Le sort, qui de l'honneur nous ouvre la barrière,
Offre à notre constance une illustre matière.
Il épuise sa force à former un malheur
Pour mieux se mesurer avec notre valeur;
Et comme il voit en nous des âmes peu communes,
Hors de l'ordre commun il nous fait des fortunes.
Combattre un ennemi pour le salut de tous
Et contre un ennemi s'exposer seul aux coups,
D'une simple vertu c'est l'effet ordinaire;
Mille déjà l'ont fait, mille pourraient le faire,
Mourir pour son pays est un si digne sort
Qu'on briguerait en foule une si noble mort.
Mais vouloir au public immoler ce qu'on aime,
S'attacher au combat contre un autre soi-même,
Attaquer un parti qui prend pour défenseur
Le frère d'une femme et l'amant d'une sœur,
En rompant tous ces nœuds, s'armer pour la patrie
Contre un sang qu'on voudrait racheter de sa vie;
Une telle vertu n'appartenait qu'à nous.
L'éclat de son grand nom lui fait peu de jaloux,

Et peu d'hommes au cœur l'ont assez imprimée
Pour oser aspirer à tant de renommée.

Roman du midi.

Filis, se n'oves lou cor
De calquo tigro;
Escoutuch oquel que mor
Per bous de migro.

Sourtis, bel astré d'amour,
E lo nech sombro
Pus plosento que lou jour
Sero sans ombro.

Tuch oquel petits flombels
Que son o l'aïre
Secoron o vostres els
Tout lour esclaïre.

Rousset. 1694.

Philis, si tu n'as le cœur
D'une tigresse,
Ecoute celui qui meurt,
Meurt de tristesse.

Sors, brillant astre d'amour,
Et la nuit sombre,
Plus plaisante que le jour
Sera sans ombre.

Car tous ces petits flambeaux
Qui dans l'air brillent
Bien moins que tes yeux si beaux
Au ciel scintillent.

Trad. Mary-Lafon.

La littérature de ce siècle eut d'autres phases passagères ; le genre burlesque, dont Scarron était le

principal héros, a été de mode pendant quelque temps
et dominait dans tous·les écrits ; on l'avait transporté
jusqu'au théâtre et les premiers opéras de Quinault
étaient dans ce goût.

Un peu plus tard les poètes prirent un style affecté
et pédant, qui passait pour de la politesse, et Voiture est
un de ceux qui eurent le plus de réputation sous ce
rapport. Il avait de l'esprit et du talent, et ses écrits
eussent été excellents si la prétention à l'esprit y dominait moins. Les sonnets étaient alors en grande réputation ainsi que les jeux de mots, les tours de force.
On trouve dans Voiture une pièce de seize strophes,
dont les vers se terminent tous par des syllabes formant des mots. Neufgermain avait donné les premiers
exemples de ces futilités. Sarrasin, qui s'était moqué
des bouts rimés, a néanmoins fait de ces vers qui y
ont beaucoup.de rapport. Les voici :

Il me semble que je le   *voi,*
De noir comme un page vê *tu ;*
En sa nouvelle tablatu   *re,*
Cherchant trois rimes à *Voiture.*
Il cheminait dans ce con   *voi*
Le front ridé, l'œil abat   *tu,*
La barbe jusqu'à la ceintu *re,*
Triste du trépas de *Voiture.*

L'invention des bouts rimés est de l'année 1649 et
elle appartient à Dulot. C'est encore une de ces idées
bizarres qui se sont propagées malgré les critiques
qu'elles ont excitées dès les premiers moments de
leur apparition. Des partis se sont formés pour les

bouts rimés et d'autres contre, mais le temps a fait raison de toutes les sottises qui ont été dites à ce sujet et les bouts rimés n'ont pu survivre, quoique des médailles d'argent eussent été promises à ceux qui les rempliraient le mieux dans des sonnets à la gloire du roi.

XVIII° SIÈCLE. — On voit naître avec le XVIII° siècle un homme qui ne doit s'éteindre qu'avec lui et le remplir seul par son vaste génie. Voltaire, à peine âgé de vingt ans, montre déjà un talent supérieur pour la versification, et quatre ans plus tard il se met au premier rang des auteurs tragiques. Il a une facilité extrême, un goût sûr, une érudition développée; il s'essaie dans tous les genres et y excelle. Corneille avait porté la tragédie au plus haut degré de force par la vigueur des pensées; Racine s'était rendu remarquable par la profondeur des idées et par la peinture exacte des sentiments et des caractères; Voltaire réunit toutes ces qualités et y joint une entente parfaite de la scène.

La France n'avait pas de poème épique, Voltaire est destiné à lui en donner un ; il compose la *Henriade* et fait un ouvrage vraiment national : bien des passions ont été excitées par cet écrit; des critiques véhéments ont voulu le déprécier ; des enthousiastes exaltés l'ont défendu avec force ; le fait est que le poème a surmonté tous les obstacles et qu'on le lit toujours avec plaisir. Il a seul survécu aux essais de plusieurs écrivains, comme Chapelain dans la *Pucelle*, Madame **Du Bocage** dans la *Colombiade*, Lemoine dans *Saint Louis* et un auteur plus récent dans *Philippe-Auguste*.

Si Voltaire, par son talent, domine sur tous ses contemporains ; il en est beaucoup parmi ces derniers qui brillent d'un vif éclat et ne le cèdent en rien aux grands écrivains du siècle précédent. Je me bornerai à en mentionner quelques-uns, pris au hasard, attendu qu'une énumération complète serait trop longue, qu'elle ne présenterait pas un intérêt bien marqué et qu'elle sortirait d'ailleurs du plan de cet ouvrage.

Parmi les tragiques, on trouve : Crébillon, de Belloy, Lagrange-Chancel, Lamotte, Lanoue, Lefranc de Pompignan, Piron, Saurin. Nous avons dans les auteurs comiques : Boissi, Champfort, Collé, Desmolin, Destouches, Gresset, Lanoue, Lesage, Marivaux, Piron, Pontdeveyle, Saint-Foix, Beaumarchais, Diderot, Fabre d'Églantine, Sedaine, etc.; Danchet, Bernard, Lamotte, Pellegrin, pour l'opéra ; Favart, Lesage, Piron, Vadé, pour le vaudeville ; Colardeau, Gilbert, Malfilâtre, Thomas, pour les odes et dans différents genres Florian, qui a fait des fables ; Roucher, auteur du poème des *Mois,* etc., etc.

POÉSIE PROVENÇALE.

Chanson de Gros, troubadour du xviii° siècle, mort à Lyon en 1748.

Goustén leï plésirs de la vido ;
Prouflitén de noustreï beoux jours :
Hélas ! nouestro courso finido
Adieou lou vïn et leïs amours.

L'hymen voulié empoouta moun amo
Dïns un ridicule proujé ;

Maï dïn lou vin negui ma flamo
Bacchus voou ben inzo mouillé.

Douna ma beoure à pléne taço
Se de l'amour ema lou juëc :
Sensa vïn mouen couer n'es que glaço
Quand aï begu sieou tou de fuec.

La resoun a bel mi diré :
Fugés lou vïn el leïs amours ;
L'escouti pas ; n'en foou que rire :
You voueli beoure, aima toujours.

Entre lou vïn et la tendresse
Voueli partaja meï plésirs. -
Bacchus mi coumblo d'allégresse :
L'amour implé tou meï désirs.

Goûtons les plaisirs de la vie
Et profitons de nos beaux jours,
Hélas ! notre course finie ;
Adieu le vin et les amours.

L'hymen voulait tromper mon âme
Dans un ridicule projet ;
Dans le vin je noyai ma flamme,
Bacchus vaut bien un blanc corset.

Faites-moi boire à pleine tasse
Si de l'amour j'aime le jeu :
Car sans vin mon cœur est de glace,
Quand j'ai bu, je suis tout de feu.

En vain la raison vient me dire :
Fuyez le vin et les amours,
Je suis sourd, je n'en fais que rire,
Je boirai, j'aimerai toujours.

Entre le vin et la tendresse
Je veux partager mes plaisirs.

Bacchus me remplit d'allégresse
L'amour comble tous mes désirs.

Traduction de l'auteur.

XIXe SIÈCLE. — Après Corneille, Racine, Voltaire, il n'y avait plus de perfectionnements à espérer dans la poésie française ; les auteurs pouvaient rivaliser avec leurs devanciers ; il leur était interdit de chercher à les surpasser. Ducis, Casimir Delavigne peuvent être considérés comme les dignes successeurs des grands maîtres qui leur ont ouvert la voie. Jacques Delille s'est essayé dans le genre didactique et il y a réussi ; il a de l'originalité, de la douceur et peut-être un peu déjà de cette précision guindée qui a marqué les commencements du XIXe siècle et qui, heureusement, commence à se perdre.

Aimé Martin, Barthélemy et Méry, Parny, Pauthier, Legouvé se sont immortalisés dans des écrits où la raison n'exclut ni la grâce, ni l'élégance, ni la force. Désaugiers, Béranger ont porté la chanson au point le plus élevé. Lamartine et Victor Hugo, aussi grands poètes que les grands poètes qui les ont précédés, ont mis le sceau à l'art de la poésie en consacrant à jamais le style romantique.

Car ce style est sorti vainqueur des querelles violentes qu'il a suscitées, et on serait dans l'erreur si l'on croyait que ces grands écrivains soient les premiers qui l'aient adopté ; il suffit, pour s'en convaincre, de relire ce que dit Boileau dans le 3e chant de son *Art poétique.*

Bientôt ils défendront de peindre la Prudence,
De donner à Thémis ni bandeau, ni balance.

10

Boileau peut avoir eu raison, dans son temps, de défendre le style classique : la langue lui devait des chefs-d'œuvre dont on avait eu à peine le temps de jouir ; il y aurait eu de l'ingratitude à les mépriser alors ; il faut reconnaître que le style romantique n'était pas encore bien défini. Boileau semble dire que certains auteurs, par scrupule religieux, rejetaient les fictions de la fable, c'est qu'à cette époque on avait déjà abusé des figures tirées de la mythologie, au point de les rendre fastidieuses, et comme, dans ces temps de dévotion exclusive, aucune entreprise nouvelle ne pouvait avoir de chances de succès si elle ne s'appuyait sur une nécessité religieuse, les écrivains qui cherchaient à épurer le style n'avaient pas d'autre moyen pour faire prévaloir leur opinion, quelque fondée, quelque raisonnable qu'elle pût être.

Comme toutes les choses de ce monde, la mythologie a fini par s'user : il en a été de même des sujets de tragédie que les auteurs tiraient presque toujours de l'histoire grecque et de l'histoire romaine, ce qui a fait dire à Berchoux :

Qui nous délivrera des Grecs et des Romains?

Et voilà précisément ce qui a rendu nécessaire l'adoption du style romantique, c'est-à-dire du style qui rejette, comme surannées, de mauvais goût, de nul effet, les allusions à la fable, du style qui prend ses comparaisons dans la nature et ne s'étudie pas à remplacer le mot vrai par un autre qui a l'air de vouloir dire mieux, et qui dit toujours plus mal, enfin du style dans lequel on doit conserver la vérité historique et matérielle.

Roman picard en 1834.

LE TROUVÈRE ET LES MOISSONNEURS.

AIR : *C'est l'amour.*

Moissonneurs, v'la qu'il est jour,
Courage
Vite à l'ouvrage;
Moissonneurs v'la qu'il est jour,
Travaillez, fesez l'amour.

Prindez vous feuc et vous feuchiles,
Allez feuqui jones guerchons;
Et vous aussi mes tchottes files,
Travaillez tertous al moissons.
Més surtout fuchez sages,
Ign en a dans l'coût
Qui prent' des tchous gambages
Quitfo... su un gavlout.
Moissonneurs, etc.

Amis, quand j'étos à vous âge,
A travayer, à foir l'amour;
J'étos lpu luron dech village;
Mais jourdu chest fini sin r'tour.
Beyez, em tête al hoche,
Ej n'ai pus ed cavieux,
Ej n'ai pus presque ed forche,
Vous, os êtes vigoureux.
Moissonneurs, etc.

Sins avoir tin d'esprit, tin dsienche
Qnous curé qui dit tous les jours,
Qu'à travayé, dinsé l'diminche,
Nous s'damnons tertous pour toujours.

J'in chuis ain' qu'est moins dure
Al rin nous cairs contints
Chest chelle del nature
Chuivez-là mes inûnts.
Moissonneurs, etc.

Fouaits-nous du bien épis az eutes
Aimez vous ro, ch'es députés.
El charte qu'est, comme dit chleute
El scufgarde ed nous libertés;
Toujours avuc courage
Travayez ed bon cœur
Trouvère dech village
Ej cantrai vous bonheur.
Moissonneurs, etc.

H. Crinon, cultivateur à Vraignes (Somme).

Moissonneurs, voilà le jour;
        Courage,
        Vite à l'ouvrage.
Moissonneurs, voilà le jour,
        Travaillez, faites l'amour.

Prenez vos faux et vos faucilles,
Dépêchez-vous, jeunes garçons,
Et vous aussi, petites filles,
Travaillez tous à nos moissons;
Mais surtout soyez sages,
On en voit dans l'août
Faire des badinages
Cachés par un gavlout (meule de blé.)
Moissonneurs, etc.

Amis, quand j'étais à votre âge,
Ardent au travail, à l'amour;
J'étais le héros du village;
Mais tout est fini sans retour.
Voyez trembler ma tête,

Je n'ai plus de cheveux ;
Ma force a fait retraite ;
Vous êtes vigoureux.
Moissonneurs, etc.

Sans avoir l'esprit, la science
Du curé qui dit tous les jours :
Travailler, danser le dimanche
Vous damnent tous et pour toujours !
Ma morale est moins dure,
Et rend nos cœurs contents ;
C'est celle de la nature,
Suivez-la, mes enfants.
Moissonneurs, etc.

Faites-vous du bien l'un à l'autre,
Aimez le roi, les députés,
La charte qui, comme dit l'autre,
Sauvegarde nos libertés.
Toujours avec courage
Travaillez de bon cœur,
Trouvère du village
Je chanterai votre bonheur.
Moissonneurs, etc.

Roman provençal, en 1841.

Qu'as d'empire sus yeou, filla de'la mountagna !
Couma poulit maynatgè encadenas moun cor ;
Sé nourrissé l'espouer qué séra ma coumpagna,
Faguè lou ciel qu'un jour partagessas moun sor.

Quinzé ans ; acos toun agé... ó té trobas countenta,
D'anâ per lou campestrè ambè tous agnèlous.
S'as lou bounhur per tus, lou chagrin mé tourménta...
Désemploy qué t'ay vist, qué moun cor és jaloux !

10.

Que tu règnes sur moi, fille de la montagne!
O ravissante enfant, comme tu tiens mon cœur :
J'ai l'espoir trop flatteur de te voir ma compagne,
En partageant mon sort tu ferais mon bonheur.

Quinze ans, voilà ton âge... et ton âme est contente,
En guidant dans les champs tes agnelets si doux.
Si le bonheur te suit, le chagrin me tourmente;
Depuis que je t'ai vue, on me trouve jaloux !

Traduction de Mary-Lafon.

Vers de Victor Hugo, datés d'août 1855, dans les
CONTEMPLATIONS.

Oui, je suis le rêveur, je suis le camarade
Des petites fleurs d'or du mur qui se dégrade,
Et l'interlocuteur des arbres et du vent;
Tout cela me connaît; voyez-vous. J'ai souvent
En mai quand de parfums les branches sont gonflées
Des conversations avec les giroflées;
Je reçois des conseils du lierre et du bluet.
L'être mystérieux que vous croyez muet,
Sur moi se penche et vient avec ma plume écrire.
J'entends ce qu'entendit Rabelais; je vois rire
Et pleurer, et j'entends ce qu'Orphée entendit.
Ne vous étonnez pas de tout ce que me dit
La nature aux soupirs ineffables. Je cause
Avec toutes les voix de la métempsycose.
Avant de commencer le grand concert sacré,
Le moineau, le buisson, l'eau vive dans le pré,
La forêt, basse énorme, et l'aile et la corolle,
Tous ces doux instruments m'adressent la parole;
Je suis habitué de l'orchestre divin,
Si je n'étais songeur j'aurais été Sylvain.
J'ai fini, grâce au calme en qui je me recueille,
A force de parler doucement à la feuille,

A la goutte de pluie, à la plume, au rayon,
Par descendre à ce point dans la création,
Cet abîme où frissonne un tremblement farouche,
Que je ne fais plus même envoler une mouche !
Le brin d'herbe vibrant d'un éternel émoi
S'apprivoise et devient familier avec moi ;
Et, sans s'apercevoir que je suis là, les roses
Font avec les bourdons toute sorte de choses ;
Quelquefois à travers les doux rameaux bénis
J'avance largement ma face sur les nids,
Et le petit oiseau, mère inquiète et sainte,
N'a pas plus peur de moi que nous n'aurions de crainte,
Nous, si l'œil du bon Dieu regardait dans nos trous ;
Le lis prude me voit approcher sans courroux,
Quand il s'ouvre aux baisers du jour ; la violette
La plus pudique fait devant moi sa toilette ;
Je suis pour ces beautés l'ami discret et sûr ;
Et le frais papillon, libertin de l'azur,
Qui chiffonne gaîment une fleur demi nue,
Si je viens à passer dans l'ombre, continue,
Et si la fleur veut se cacher dans le gazon
Il lui dit : Es-tu bête ! il est de la maison.

Il règne dans cette pièce une douce suavité qui lui donne beaucoup de charmes ; le 5e vers renferme une expression heureuse. Dans le 17e vers, les mots *basse énorme* forment une belle idée ; 25e vers, *un tremblement farouche qui frissonne*, cela ne se comprend pas facilement ; 30e vers, le mot *chose* est très-vague ; 43e vers, on ne peut guère approuver cette césure.

Victor Hugo a été le plus ardent propagateur du style romantique ; mais ses partisans ont été trop loin en prétendant qu'il fallait s'affranchir des règles de composition et de style suivies par les auteurs classiques, car aucune définition précise n'avait été donnée par eux et chacun suivait, à cet égard, les idées qui lui étaient propres.

FIN.

TABLE

—

	PAG.
Préface...	5
Considérations générales sur les vers...............	7
De la mesure.....................................	10
Prosodie..	12
Elision..	16
Du repos..	21
Césure..	21
Repos final......................................	27
Enjambement.....................................	28
De la rime.......................................	31
Exceptions à la rime..............................	42
Classification des rimes...........................	43
Mélange des rimes................................	44
Observations sur les rimes masculines et féminines......	45
Réforme concernant la rime........................	50
Rime riche.......................................	54
Rime composée...................................	55
— annexée.....................................	56
— batelée......................................	56
— brisée.......................................	56
— couronnée...................................	57
— empérière...................................	57
— équivoque...................................	57
— fraternisée..................................	57
— kyrielle.....................................	57
— sénée.......................................	58
Bouts rimés......................................	58
Musique...	58

Disposition des rimes.................................... 60

Rimes croisées.. 61

Rimes mêlées... 62

Rimes redoublées.. 62

Monorimes... 62

De l'hiatus... 63

Licences poétiques...................................... 67

Réticences.. 73

Transposition... 74

Disposition des vers..................................... 79

Vers libres... 84

De l'harmonie... 85

Fausses rimes.. 86

Mauvaises consonnances................................. 86

Harmonie imitative...................................... 88

Vers prosaïques... 90

Vers blancs... 91

Harmonie des périodes................................... 92

Des diverses sortes de poèmes............................ 93

De la déclamation....................................... 130

Du geste... 133

Histoire des progrès de la versification.................... 135

FIN DE LA TABLE.

POISSY. — TYPOGRAPHIE ARBIEU.

OUVRAGES DU MÊME AUTEUR

EN VENTE

Chez Mallet-Bachelier, quai des Augustins, 55, à Paris.

STÉNARITHMIE, ou Abréviations des Calculs, complément de l'Arithmétique, donnant des simplifications pour toutes les opérations, des préceptes pour les calculs de tête, et divers faits curieux et inédits. — Ouvrage vivement recommandé par la Société des instituteurs et honoré d'une médaille d'or. In-12, deuxième édition. . . . . **1 fr.**

STÉNOGRAPHIE, la plus facile, la plus rapide, approuvée par l'Athénée des Arts. In-12, deuxième édition. . . . . . . **1 fr.**

BOTANIQUE, illustrée de nombreux dessins d'après nature. Se trouve aussi chez LACROIX et BAUDRY, quai Malaquais, 15, à Paris, et chez P . . . ur, à Étampes. . . . . **1 fr. 25**

NOUVEAU SYSTÈME DE NOTATION MUSICALE, avec figures, simplifiant beaucoup l'étude de la musique. . . . . **1 fr.**

TENUE DES LIVRES en partie double, perfectionnée et simplifiée, suivie d'un nouveau modèle de comptabilité avec un seul registre. Grand in-8°. . . . . **1 fr. 25**

Chez Garnier, rue des Saints-Pères, 6, à Paris, et chez l'Auteur, à Étampes.

LOISIRS SÉRIEUX ET FUTILES : Satire, Voyage de plaisir, Fable, Anecdotes, Naïvetés, Chansons, Anagrammes, Charades, Énigmes, Logogriphes. Grand in-18 . . . . **1 fr. 25**

POUR PARAÎTRE PROCHAINEMENT.

OBSERVATIONS SUR QUELQUES LOIS DE L'ASTRONOMIE, mémoire communiqué à l'Académie des sciences, le 22 septembre 1856.

DICTIONNAIRE DE LA CONSERVATION DE L'HOMME, par B. LUNEL, docteur-médecin. Chez l'Auteur, rue des Bourdonnais, 41. 2 vol. in-12, 6 fr., par la poste 6 fr. 50.

POISSY. — TYP. ARBIEU.